감금

나 또 바람에 잠겼어
시를 쓰는 방법을 모르겠어
속에서부터 솟아오르는 꽉 막힌 언어들이 날 괴롭혀
언어는 본디 사방이 뚫려야 하는데
나의 말은 그렇지 못해서 바람 속에 갇힌 고대의 문자처럼,
아니 어쩌면 내 피부 밑의 가뭄과 닮았어
나는 쩍쩍 갈라지고 있지

다시 내일이 와
바람에 일렁이는 파도는
또다시 밀려오고

인공호흡

인공호흡

ⓒ김하영, 2024

1판 1쇄 인쇄__2024년 07월 01일
1판 1쇄 발행__2024년 07월 10일

지은이__김하영
펴낸이__양정섭

펴낸곳__예서
　　　등록__제2019-000020호

제작·공급__경진출판
　　　사업장주소__서울특별시 금천구 시흥대로 57길 17(시흥동), 영광빌딩 203호
　　　전화__070-7550-7776　팩스__02-806-7282
　　　네이버 스마트스토어__https://smartstore.naver.com/kyungjinpub/
　　　이메일__mykyungjin@daum.net

값 12,000원
ISBN 979-11-91938-78-4 03810

예서의시 035

인공호흡

김하영 시집

차례

감금

제1부

제2부

제3부

제4부

제1부

붉은 네온사인에 못 박힌 약속

하느님 아버지 저는 태초에 빛으로 빚어지지 않았고 피가 묻
은 손으로 행한 앉은뱅이의 기적을 보지 못하였나이다

언제부터 자살은 율법에 반하는 일이 되었지

아무도 자리에 앉아 명상을 하지 않고 타오르는 불 속에서 걸
어 나오는 나를 보지 못하는 세상

천팔백팔십이년

우리는 살인자가 되었어

남은 것은 석탄과 석유 현미경에 의지하는 글자의 몰락뿐

언제부터 죽음이 유령의 상징이 되었지

아무것도 없다 아무것도

하늘의 우편에 앉은 자가 있었던가

하늘에 잔재한 물이 빛을 게워 낸다

해가 꺾이면 우리는 명상을 시작하지

지옥이 아닌 순수한 불에서 걸어 나오는 나를 보자

파랗게 타오르는 별에서 걸어 나오는 나를

다시는 물로 심판하지 않겠노라 약속했던 지난 세상은 가고

남은 것은 무지개에 반사될 수 없는 우리들

언제부터 사람들은 노아와 그의 약속에 매달렸나

아무것도 없다 아무것도

바다는 세계로 치환된다

물고기처럼 헤엄치는 법은 하늘에게 배웠어
그러니 갈라지는 오류는 물고기에서 왔어

물고기는 지느러미로 헤엄쳤고 눈은 멀었고 세상 가장 낮은
곳에 임하는 신 같았지만 여전히 심해에서 다른 물고기를 잡아
먹었고 신은 인간 같기도 했고 호기심에

           건져 올리면
      위로
바다

신은 죽었어
검은 동태눈은 흐릿했고 송장에서는 비린내가 났어
아마도 입관할 때 고약한 냄새가 날 거야

그러나
하늘은 아무것도 하지 못해
단지 관에 헌화하는 일을 맡을 뿐

향을 피워줘 오늘 가장 낮은 곳에 임하는 신이 죽었으니

하늘이 손을 잃었어
오늘은 오일장이 열릴 거야

이상한 팔레트

있잖아
세상은 검정일까

검정을 두드렸어
커튼이 치워지며 열리는 세상

시끄러운 초록과 파랑은 여름의 녹음이야
어제가 기울었고 내일은 경사졌어
오늘도 평평하지 못하지만 어떻게든 걸어 볼게

구릉진 말 위로 올라갔다 내려가는 바람들
바람의 색깔은 하양이야
그러면 다시: 구릉 진 말 위로 올라갔다 내려가는 하양들

하양은 문을 타고 객석 위를 흐르네
빨강이 걷히고
무대 위로 노랑이 겹치면
말은 하양을 타고 흐르지

그거 알아?

스피커가 조잘대는 언어도
하양을 타고 흘러

(암전)

검정을 다시 두드렸어
세상이 열리고

시끄러운 파랑과
하양이 만들어낸
깎아 지르는 하늘
그 곁에 상아가 있어

방화하지 아니하며

시를 쓴 지 오래되었다
나는 우물이 있는 시대에 태어났어야 했다
먹이를 향해 뻐끔거리는 붕어도 개구리밥도 없는 연못 비가
오지 않아도 흉터처럼 깊게 패는 물웅덩이 오로지 푸른 의미만
찾을 수 있는 마을
그런 곳에서 태어난 나는 꼭 같이 양산되지 않았을 것이다

우리는 모두 강을 건너 바다로 돌아가는 거야
우리가 태어난 곳으로

빗물에 비친 내가
갈라져서 내릴 때마다
나는 쌓인 의미를 찾을 수 있는
시대를 원했다

시를 써야 했다
그러니까 혈관에 대해 쓰지 말고 주름에 대해 써야 했다
붉은 것만 좇다 보면 방화범이 되기 일쑤니까

어쩌면 우리는 모두 짐승이야

시뻘건 피를 응고할 줄도 모르는 우리가 무슨 수로 들여다보다 못해 돌아가는 길을 깨달을 수 있겠어 모두가 살아가는 붉은 피부를 말할 때 나는 홀로 썩어가는 주름을 말하고 있지 이건 가냘픈 어린아이의 투정이나 다름없어 고작 청춘과 닮은 내가 할 수 있는 건 앞서간 자들의 흔적을 쫓아 오만한 말을 내뱉는 것

시대를 원해
다시 돌아갈 수 있는

어쩌면 우리가 멸망을 부를 때

1장 밤이 되어 가는 곳

(거대한 무대, 아주 아주 거대한 무대. 오른편과 왼편에 나누어서 서로 대치한다. 무표정인 사람들. 그리고 왼편에 선 곧 사라질 태양)

곧 사라질 태양__이곳은 어디에도 존재하지 않는 나라.

(잠시 침묵)

곧 사라질 태양__들리나요, 듣고 있나요, 이 목소리가 귓가에 들리나요.

(오른편에 선 사람들이 일제히 쓰러진다)

곧 사라질 태양__그런 거예요 (철컥 울리는 걸쇠를 잡아당기고 문을 잠근다) 저 태양은 녹아내리네요. 녹아내린 태양은 누구보다 빨갛군요. (아무런 감상도 없이) 곧 시들어 버릴 것처럼.

기억되지 못하는 태양__(오른편에 서서 왼편을 가리키며) 출발!

　곧 사라질 태양＿(눈에 빛이 없이) 술래가 너무 빨라! 도망치지 못할 거예요. 자, 당신도. (걸쇠를 잡아당기며)

　(날아다니는 비행기, 여기저기서 문을 잠그는 소리가 들려오고 사람들은 일제히 비명을 지른다. 보편적인 태양이 터지고 녹아내린다. 삐— 소리 반복. 금방 시들어 버린 붉은 태양. 세상은 검정으로 가득하다. 당신은 마지막 소리를 듣는다)

　(무대 암전)

딸기

딸기를 믹서기에 넣을까 아니면 컵에 넣어 마실까 아니면 손가락으로 집어 먹을까

딸기에는 씨가 패여 있었고
나는 씨앗을 오독오독 씹었어
왜 씨는 딸기에 다박다박 붙어 자라는 걸까
딸기는 적당한 불처럼
가볍게 붉을 수는 없었던 걸까
몸에 일어난 종기는 따개비와 같고
종양은 당연하다는 듯이 딸기에 붙었고
딸기는 육신을 깎아 속으로 패였지
더 뜨거워지려는 불꽃처럼 노랗게

어디선가 민둥산은 산사태의 위험이 잦다고 들은 적이 있어
딸기도 파도처럼 쓸려나가는 모래를 두려워했던 게 아닐까
　사실 어쩌면 우리는 모두 두려워하고 있는지도 모르지 부스러기로 쓸려나가는 자기 자신을

딸기가 고통에 잠을 잃고
타오르는 불처럼 노랑을 품은 날

나는 딸기에서 나를 보았고 민둥산이 되기 전 일어났던 며칠
의 산불을 보았다

　나는 딸기가 타오르지 않기를 바랐고
　그래서
　씨앗을 오독오독 씹었다

체다치즈 프레첼

있잖아, 지하 속의 지하를 만드는 방법은
어떤 걸까

노란색을 뒤집어쓴 종이가 소식을 퍼 나르면 덜컹거리는 사람
들은 자꾸만 헤드라인을 먹지 하나 둘 셋 글자를 씹어 먹는 사
람들은 헤드라인이 얼마나 가치 없는지도 모르고 먹는단 말이
야 그저 달고 짜다는 이유로

꼭 프레첼 같지 나는 체다치즈 프레첼을 좋아해
달고 짠 프레첼과 엉켜 있는 진실

어떤 사람이 (＿＿＿＿＿＿)였다는 글자가 다박다박 모여 지
상으로 올라왔어 (＿＿＿＿＿＿)는 평소에 기부도 많이 하던 사
람이었는데 말이지 평소에 삶을 베풀던 사람이었는데 말이지 늘
상 의욕이 넘치던 사람으로 알고 있었는데 말이지
내가 모르는 지하가 숨어있었던 걸까

이상하게 노란색 종이에만 글자가 더벅더벅 박혀 있었어
꼭 체다치즈 프레첼을 닮은
아주 맛있었던 프레첼

사람들은 자꾸만 노란색 종이를 씹어 먹네 헤드라인을 노랗게 만들어 씹어 먹네 마치 내가 좋아하는 달고 짠 체다치즈 프레첼처럼 말이지 오늘도 노란 봉투에 노란 프레첼을 담은 사람들은 지하철에서도 헤드라인을 씹고 길거리에서도 헤드라인을 씹고 그러니까 껌처럼 습관적으로 헤드라인을 씹고

　입에서 입으로 옮겨지는 체다치즈 프레첼 누가 사탕 키스를 발명한 거야 우리에겐 연인이 없는데도 사람들은 자꾸만 사탕 키스를 하네 아니 우리에게는 사탕뿐만 아니라 체다치즈 프레첼도 있잖아 누가 체다치즈 프레첼 키스를 발명한 거야 입에서 입으로 옮겨지는 더 달고 짠맛 누군가 소금과 설탕을 들이부은 게 틀림없어 이건 내가 먹던 체다치즈 프레첼이 아니란 말이야

　하지만 이것도 꽤 괜찮은걸

　(왜 나를 보는 거야 내가 무슨 죄가 있다는 거야 나는 그저 맛있는 걸 먹었을 뿐이야)

　있잖아

체다치즈 프레첼이 세상이라고 믿는 사람과
체다치즈 프레첼로 가라앉은 우리의 안쓰러운 지하 세계

있잖아, 지하를 만드는 건 쉬운 일이야
그토록 짠맛과 단맛을 원하던 사람들이 언제부터 체다치즈 프
레첼만 보면 손가락질을 하게 된 거지 단맛과 짠맛이 곁들여진
이 체다치즈 프레첼을 한 입만 먹어보면 너도 알게 될 텐데

입에서 입으로 옮겨지는 체다체즈 프레첼
단맛과 짠맛이 아주 죽여주는 프레첼

고독사

인부 한 명이 전짓불에 감전되어 죽었다
는 뉴스가 티비에서 흘러나왔고 티비 주변에는 온갖 깡통과 빈
병들이 굴러다녔고 방 안은 검은 적막으로 가득했고 꼭 공연이
시작되기 전 암막 커튼이 쳐진 극장 같았고 벽에는 곰팡이가 슬
었고 그래서 나는 악취가 나는 방 안에서 이불을 덮고 유유히
휴대폰으로 뉴스를 봤고 뉴스 속에서는 인부가 죽고

사실 나는 전짓불에 감전된 게 아닐까

사람이 쫓아와요 나를 정신병원에 집어넣으려고 해요 제발 나
좀 살려주세요 나는 정상이에요*
라고 흘러넘치는 악취가 방 안에서 말했다

잠들 때마다 헤드라인이 바뀌는 꿈을 꾸었다 이상한 여름이
다 나도 내 옆집 할아버지도 내 뒷집 할머니도 모두 시체 놀이를
한다 썩어 가는 깡통과 유유히 빛나는 구식 티비를 방 안에 두
고서 우리는 시체 놀이를 한다 제법 생생한 악취가 난다 우리는
잠들 때마다 헤드라인이 바뀌는 꿈을 꾸었다

*이청준, 《소문의 벽》

살아서 서

파렴치한 인부들이
곡괭이를 들어 거리로 나섰다
나도 너도 우리도
내일이면 삭아가는 담배꽁초처럼 흐려질
불꽃을 가슴에 안았다
완벽한 정의란 있을 수 없어
선생님 그렇다면 세상에 참은 어디에 있나요

개인은 영원한 개인인가
개인은 핑글핑글 돌아가는
하나의 철학으로 세상을 운용하고
빙글빙글 돌아가는 조그만 세포들에
각자의 정의를 녹이고
이따금 불길이 맞닿으면
해가 다르게 지는 정의를 찾아
나의 세상을 내세우고야 만다

어쩌면 이건 우리의 같잖은 투쟁이야
삶을 부양하기 벅차
매일 손톱만 물어뜯던 우리가

삶을 담보로 싸우다니
이왕이면 노을처럼 불타올라
잠깐 그 사이에 우리의 정의를 찾고
기왕이면 전셋값 같았던 삶을 돌려받고
개인은 영원한 개인이 아닐 수 있도록
생각으로만 머무는 세상이 아닐 수 있도록

바라다

그 형상은 점점 담백해졌다

구식 필름 카메라에서 뽑아낸 지 한참된 필름은 굳이 밝은 곳을 구분하려 들지 않아도 될 만큼 잔뜩 흐려졌다

피사체는 단순해졌고 필름은 더 이상 양복의 질감을 드러내지 않았다

카메라는 미래를 담보하지 못했다 과거에 초점을 잡아 겨우 그려둔 것이 미래에는 맹목으로 변할 줄 그 시꺼먼 눈도 몰랐을 것이다

하루 이틀 사흘 나흘 닷새

언제 올 줄 알고 그려
목 빠지게 지 서방만 기다리다가 고꾸라지겠네

엄마 이제 그만해
그냥 묘비라도 만들자

시꺼먼 고래 같은 것을 타고 떠난 사내는 시간이 지날수록 담백해졌고 필름 속의 그는 점점 흐려졌다 모두가 그를 위해 기도를 올렸다 그건 꼭 신이 되어가는 과정 같았다

소녀는 백발을 이고 구식 필름 사진을 손에 움켜쥐며 살았다 더 이상 필름은 사내의 머릿결을 나타내지도 못했고 겨우내 쨍하고 비친 햇빛 때문에 찡그린 사내의 눈두덩이 주변 주름살을 보이지도 못했다

낡아가는 과정이었다
그건 모두가 낡아 신이 되는 과정이었다

어머니, 많이 하셨어요
어머니 곁에 아버지 자리를 만들었어요
그곳에서는 행복하세요

어떤 사람은 살아생전 한 번도 빌지 못했던 사내의 명복을 빈다

여름철 폭풍우가 일 때는
섬나라의 여인네들이 홀로 남아 바다를 부르짖으며 신을 찾곤 한다
신이 되어 가는 사람들은 종종 흐려지고
담백한 상태로 시커먼 배에 올라 고기잡이를 나섰다

끼익

말을 쓰는 거야
창조는 예술가에게 한정되지 않는다는 사실을,
어쩌면 창조는 그릇보다 그륵*에 더 가까웠으며
화실보다 주방에
틀 박힌 작업실보다 공장에 더 어울렸을지도 모른다고
셰익스피어는 단어를 만들었으나
누군가는 말을 만들고 있을 때에
톱니바퀴는 지겹게 돌아갔고 놋쇠 그릇을 겹쳐둔 주방에서는
여전히 끼익 소리가 났다는 사실을 모두가 알아야 할 텐데

*정일근, ≪어머니의 그륵≫

30

잠

몰려오는 파랑을 멈출 생각이 없었어
하얗게 거품을 뱉어내는 것은
내일의 일

눈을 감으면 속눈썹이 쓸려가는 것 같았고
상아색 바다와 파랑색 모래만 존재하는 줄 알았고

움푹 파여 쏟아질 때면
고개를 끄덕였고

그러면
파랑이 나를 휩쓸고 지나갔어

제2부

하나가 되어야만 해

이건 어쩌면 아주 기이한 이야기 세상에서 두 눈 씻고 찾아봐도 찾을 수 없는 이야기 이불을 털었을 때 나오는 먼지보다도 더 조그마한 이야기 마술사의 비둘기보다도 더 신기한 이야기 그러니까 이건 어쩌면 말이 안 되는 이야기 하지만 누구보다도 사람이 사람을 사랑해서 일어난 이야기

기차에 탄 세 명은 각자 가방을 들고 있었고 셋은 어릴 적부터 친구 사이로 지내게 되었고 어느 날 셋은 가족이 되기로 결심했고 그래서 그들은 가족이 되었고

한 명은 황무지에 한 명은 북태평양 외딴섬에 한 명은 알 수 없는 또 다른 지구에 떨어지는 지금이 아이러니해서 그들은 가방을 버려둔 채 서로를 꼭 끌어안고 있었다 이윽고 관리자가 와서 말했다

나와

북태평양 외딴섬에 도착한 열차에서는 지겨운 탄내가 났다 남자 둘은 나아가는 사람을 붙잡았다 가면 우리는 죽어 우리 가족은 죽는 거야 우리는 이대로 영영 헤어지는 거야 나아가는 사

35

람은 나아가지 않았다 관리자는 열차에서 내릴 다른 사람들을 부르느라 정신이 없었다 나아가는 사람은 나가지 않았다 그대로 열차가 출발했다

남겨진 것들과 남기고 간 것
그들은 자유를 남기고 열차에 몸을 실었다

열차는 황무지에 다다랐다 또 다른 사람이 내릴 차례가 되었다 그때 모두가 말했다 우리 차라리 가방 안으로 숨자 그러니까 사람들이 모르는 가방 안에 들어가자는 거야 너비는 우리 팔꿈치까지밖에 오지 않지만 우리는 가방 안으로 들어갈 수 있어 가방은 그 누구보다 따뜻하니까 우리는 가방에서 사는 거야 조그만 요정이 되어서 영영 셋을 남긴 채로 살아가는 거지

이윽고 관리자가 방 안에 들이닥쳤을 때는 가방 하나만 덜렁 열린 채로 사람은 온데간데없었다

우리를 꺼내지 마 우리는 우리로 살아갈 거야 세상에 전쟁이 나고 이념이 서로를 물어뜯어도 우리가 할 수 있는 일은 우리 가족을 지키는 일뿐 우리는 우리를 위해 자유를 남기고 도망간

거야 그러니 다른 사람들도 알아야 할 텐데 가방은 이토록 따뜻하고 좋은 곳이란 것을 가방 속은 어두컴컴하지만 셋이 있기에 아주 좋은 곳이란 것을 가방 속 어둠은 우리를 갉아먹는 어둠이 아니라 따뜻한 어둠이었다고

　우리는 하나여야 하잖아
　영영 하나여야 한다고

　기차가 출발했다 가방이 덩그러니 놓여 있었다 가방은 전쟁통에 사람들의 발길질에 때로는 석탄 냄새가 나는 연기에 그을리고 헤져서 낡아갔다

　그들은 영원히 가방 안에서 살았다 먹지도 마시지도 않은 채 가방 안에서 숨만 쉬며 하나가 되었다 그들은 하나였고 하나여야만 했다

　가방 안에는 아직도 셋이 남아 있다

찢어진 식물의 오케스트라

화음이 인생의 전부라고 생각했어

잎사귀가 자라난다 실핏줄을 통기타처럼 안아 들고 화음을
연주할 거야 그러다가 삑사리가 난다면 그때는 잎사귀를 입에
대고 불어야지 그것은 새로운 화음을 연주하는 방법

우리 화해할래

라는 말은 잎사귀가 자라나기 전에 땅의 뒤안길로 사라졌다 뒤
뜰에 사는 볼품없는 생명을 불러와 우리의 잘잘못을 가려줄 신
을 부르기로 했잖아

기억하니
아무것도 기억하지 못하는 자에게도 죄가 있지
모든 것을 기억하는 자에게도 죄가 있을까

화음이 인생의 전부라고 생각했어 침묵을 끄덕이고 잎사귀를 입
에 붙였다 이것은 새로운 화음을 연주하는 방법이 될 수 있을까

그 어떤 소리도 내지 않았어

삼 분간 연주하지 않을 테니 내 음악을 들어 봐

그러자 네가 화를 냈다

네 말에 따르면 나는 문제였다 화음을 인생의 목적이라고 착각하고 살았다는 것이 문제였다 그러니까 내가 연주하는 것은 완전 화음이 아니라 불협화음이었다는 것이 문제였다 내일은 자라나고 어제는 풀이 죽은 잎사귀처럼 시들어 가는데 나는 여전히 파릇파릇한 잎사귀를 기억하고 문제를 강요했다는 것이 너의 주장이었다 나는 문제였다 나는 여전히 자라나고 있는데도 문제였다

너희가 말했잖아

내가 제일 성숙한 나무라고

나는 껍데기만 딱딱한 나무였는데 너는 나를 성숙한 나무라고 불렀다 나에게 실망했다는 너의 말이 들려온다 나는 껍데기를 다시 채웠다 화음은 인생의 목적이 아니었고 너희는 잎사귀로 화음을 연주하는 방법을 몰랐다 나는 분명히 그동안 화음은 참는 자의 몫이라고 생각했는데

잘 맞춰왔잖아
그러니 이제 그만 연주하자

식물의 오케스트라가 끝나고 너와 내가 언덕을 올랐다

너는 어디로 갈 거야?
나는 저쪽 언덕으로 건너갈 거야
너는 왔던 길을 돌아가겠지 돌아갈 곳이 있잖아

잘 가
고립이라 명명된 나의 순간은 이토록 신박했다 존재를 구상하
는 동안 내게 부여된 음악은 단조였다 모두가 나를 단조로 만들
었다 미안한데 나는 장조야

그러니 이제 그만 연주하자

식물의 오케스트라가 끝나자 너와 내가 더 높이 자라났다 나
는 자라나기를 멈추지 않는다
행여 주어진 음악이 단조더라도

어떤 사랑

_____이 세상에 빛과 어둠을 가르기 전
_____는 힘없이 탈진했다
덕분에 별들이 저마다 창을 깰 때
우린 깊은 밤에서 헤매고 있었고
사탄은 꿈을 흩어 물가에서 참방참방 놀고 있었지
꿈에서는 당신이 내게 몇 장의 편지를 썼고
그건 한결같은 우리의 방식이었어
별들이 부서져 땅속으로 내려앉을 때
짙게 썬팅된 차창도 산산조각 나 부서져 내렸고
나는 편지의 첫 장만 붙들고 불편하게 울었어
그리고는 세상의 소리가 들렸지
여전히 나는 낱장을 읽지 못한 채로
이해를 갈구했어
나의 이해는 한 사람을 담기에 참 좁아요
그러니 조금 더 늦게 말하지 그랬어요
_____은 내게 편지를 읽을 시간을 주지 않았고
세상 저편에서 들려오는 소리와 함께 깨진 밤은 멸망했다

빛이 있으라

습

니은 자 모양으로 가지런히 정렬된 화분과 잔디 그 뒤에는 울타리가 놓인다 울타리 위로 쭉 이어지는 나무 나무 나무 가로나무 세로나무 그리고 다시 가로나무 하늘을 덮은 미끄럼틀 각진 빨강 이를 테면 동화에서나 볼 법한 붕 뜬 나무

언젠가 이런 집에서 살겠다 약속도 했었지 나무를 밀고 벨벳을 지나 끄덕이는 나무에 털썩 내려앉은 밤나무와 톱밥을 보며 나는 벽난로에 나무를 던진다 너는 나무를 먹고 나는 불을 먹지 다만 나는 재도 뱉는다 뱉은 재는 어디로 가나 재는 위로 붕 떴다가 각진 빨강을 지나 떠오르지 아무렴 어때 시키면 잿덩이에게는 예정된 초대장이 없습니다

이제 문을 열고 부드러운 잔디를 밟아 너를 맞이할 시간 나무 앞에 살포시 놓인 초대장은 너의 것인데 너는 이미 잿더미처럼 붕 떠 사라지고 없다 이건 마치 흰 구름이 죽은 회색빛 하늘 아차 아무것도 없어야지 그렇다면

(_____)

부서지기 딱 좋은 회색빛 하늘 잔디는 온데간데없고 하얀 울타리에서는 하양만 남고 각진 빨강은 무너져 내리고 산산조각

나고 갈래갈래 찢겨 종이 같은 페인트만 남았지 이제 초록도 죽
고 빨강도 죽고 적갈도 죽었지 그러니 하양만 남긴 채 모두 침몰
한 밤

　세상에는 글자란 것이 있었고 나는 내게 영영 오지 않을 너를
부르기 시작했다

　(　＿＿＿＿＿＿＿＿＿＿＿＿＿＿＿＿＿＿＿＿＿＿＿　)

때

손톱이 싫었어

엄마는 배추를 팔고 오면 때 낀 손톱을 빨래비누로 빡빡 씻어

댔고

대야에선 물이 넘쳐흘렀어

나는 그런 엄마가 싫었고

초등학생 때는 일주일에 두 번 목욕을 하면 손톱 밑에 때가

껴서

손톱으로 때를 파고 귀지처럼 저리 튕겨 보냈지

중학생 때는 몸이 부풀더니 나더러 엄마가

매일 씻으라 가시내야

이 한 마디만 하대

손톱 밑으로 땟국물 낄 날이 없었지만 연필 켠 내 손은 흑연

에 거매졌고

배추나 손톱깎이 따위를 팔던 엄마의 손은 점점 탁해졌지

나는 그런 엄마가 싫었고

고등학생이 되어서야 둥글게 깎은 손톱이

엄마에게서 배운 방법이라는 걸 알았지 뭐야

엄마는 항상 손톱을 둥글게 깎아야 한다고 했어 손톱이 각져

있으면

여기저기 걸려서 칠판 긁는 소리가 난다고

어느 날은 엄마가 손을 씻지 않고 잠들다가

어매야 어매

하는 소리를 듣고

어쩌면 손톱 밑 땟자국은 엄마의 가슴 속 검은 눈물일지도 모른다고 생각했어

어매야 어매

하는 소리가 그토록 그리워서 나는

배춧잎에서 묻은 땟자국보다 엄마의 손이 더 거칠어

감히 엄마의 손을 씻기지도 못하고 바라보지도 못한 채

혼자 이불 속에서 눈물을 훔치고

인공호흡

부둣가에 세워 밀어 푹 적시는 인형

나는 인형이었고 너는 아이였다 아무래도 그건 확실한 것 같지 나는 솜을 가지고 너는 피부를 가진 채 숨을 내게 밀어 넣고 있었다 그건 확실한 것 같지 나는 숨을 받았고 너는 숨을 불다가 그만 숨이 되어 버렸다 나는 어느새 피부를 가진 인형으로 숨밖에 쉴 줄을 모르고 나의 반쪽이자 전부이던 너는 인형이 되어 버리고 그러니까 나의 숨은 너의 것인데 너는 이제 잠자코 잠들어 있고 이제 나는 어떡하지

아직까지는 피부보다 벨벳이 익숙한 나의 삶에 숨이 들어와 걸으라 명령한다 나는 걸어야 하는데 걷는 방법을 모르지 네게 물어보려 운을 뗄 때도 너는 인형이 된 채 잠자코 잠들어 있고 나는 말하는 삶보다 벨벳으로 잠들어 있는 삶이 더 익숙한데

여전히 울결 같은 삶

울음에도 결이 있었던가 그렇다면 나는 솜으로 우는 피부겠지만

우는 법을 네게 배웠어 그러나 너는 가냘픈 천으로 변해버렸고 나는 너를 이어받아 숨 쉬며 울고 있다

마시멜로

내 삶은 솜으로부터 왔어

다 뜯어져 가는 오랜 인형이 집 냄새를 머금어 아늑한 오두막 향기를 풍길 때면 나는 모닥불을 피우는 거야

항상 마시멜로를 구울 때는 새까맣게 태우곤 했어 나는 잿빛 냄새를 음미하며 다 뜯어져 가는 나의 심장에 이야기하지

우리 오늘도 마시멜로를 태웠다!

일을 하다 욕지거리를 듣고 누군가 내게 물건을 던질 때면 나는 또 생각하는 거지

다 뜯어져 가는 오랜 나의 인형과 이미 사라진 나의 피부는 솜으로 뒤덮였고 어쩌면 솜은 포자일지도 모른다고

우울이 전염되듯이 너의 사랑도 내게 전염되었고 그래서 나는 곰팡이처럼 몸에 가득 솜을 담아 살아가는 거라고

흰색 솜 구름 솜 방울 솜

잡히는 대로 끌어 모아 우리는 생을 연명하고 있지만 매일 같이 같은 목표를 향해 천을 기우지

그래 우리 오늘은 마시멜로를 태우지 않고 구워보자!

어떤 파라다이스

나는 순간을 노래하지 인형과 바다워시 샴푸 냄새, 보드라운 벨벳 털, 따뜻한 온기와 온열매트 또는 이불 아래서 증발하는 습기와 올라서는 모든 공기들

숨을 들이마시면 내 배 위의 너는 솟아올라 호흡한다 다시 내가 숨을 내쉬면 너는 포옥 가라앉아 숨을 뱉는다 완만한 경사의 폭포를 미끄러져 내려가는 넌 손가락을 감싸는 물보다 더 부드러운 벨벳이겠지

세상이 솜으로만 이루어져 있다면 너는 세상에서 가장 굳센 솜덩이일 거야 가장 많은 입맞춤과 마음으로 자란 귀여운 솜덩이일 거야

너무 많은 눈빛은 때론 말을 자꾸 먹어버려 너는 마음으로 된 언어를 들으며 살아온 세상에서 가장 강인한 구름 그렇게 하늘을 흐르는 바람 내 곁에서 머리를 쓸어주는 무형의 공기 또는 하늘에서부터 흐르는 벨벳의 폭포

너는 땅보다 하늘에 더 가까운 아이다 너는 땅이 품지 못한 하나의 숨이다 너는 흙냄새보다 하늘을 떠다니는 바디워시 냄새

로 구름까지 솟아오르지 근원을 찾아 돌아가는 연어처럼

　나는 그런 구름을 안고 잠시 하늘에 안착한다 그리고 순간을 노래한다 이곳은 하늘도 폭포도 벨벳도 샴푸도 모조리 뒤엉킨 어떤 파라다이스

찐빵, 오이, 호박

둥근 지구본을 앉혀놓고 생각했어

내 세상은

찐빵
오이
호박

뭉그러진 구름으로 태어난 너는 창백한 두 점을 가지고 내게
미소짓는다
푸른 미소
아마도 간신히 기운 천이 사라지는 세월과
이 모든 시를 너에게 바쳐도 듣지 못할 우리의 간격과
그런데도 내 둥근 세상은 여전히

찐빵
오이
호박

그리고 네 모양이겠구나 싶은 거지

뭉그러진 네가 내게 미소 짓는다 모든 형상으로 모든 아픔으로 모든 세상으로 너는 내게 여전히 세상이고 너는 내게 여전히 아픔이고 너는 내게 여전히 하나의 형상이다

부디 네가 현상이 되길 바랐다

가지런히 미소지어 줘

너는 내게 어렸을 적부터

찐빵

오이

호박

그리고 네 모양으로 나타났잖아

제3부

알아가는 소리: 퍽

시학도 무엇도 없이 이불을 드레스처럼 입고 낑겨 들었던 지난날의 시상식은 몸으로 부딪혀 알았고 내일 있을 새로운 상장은 분홍색 털 이불을 덮고 박살내기로 했다

어제는 공장에 들렀다 이불을 짜는 사람들은 모두 드문드문 간격을 두고 직조하고 있었고 아이가 천을 삐뚤게 그리자 사장은 아이를 혼내기 시작했다

나는 나쁜 아이었다가 사장이었다가 직조하는 공장장이었다가 시상식에 선 배우가 되었다 본업은 배우로서 방패를 천으로 마는 사람

오늘은 아이가 분홍색 털 이불을 덮고 상장을 받았다 몸으로 부딪혀 외운 이름은 지겹도록 닳았고 손톱은 아주 짤막했다

아마도 내일은 사장이 파란색 털 이불이든지 알레르기 나지 않는 여름용 이불을 덮고 시상식에 오르겠지 또는 이불을 짜는 사람이나 또 다른 아이가

그들은 모두 자격증을 갖지 못했어
그러나 나는 몸으로 알아가는 사람이지

부서진 회전목마

목줄을 잃었어
기둥을 잃은 회전목마처럼 자유를 향해 떠나는 늙은 말들
어두운 밤 부서진 조명을 달고 날뛰는 늙은 말들은 이제 어디
를 향해 돌아야 하나
나는 늙은 말의 후예

그거 아니 어떤 형태의 사랑이든 나는 사람을 사랑해야만 하
는 벌을 받고 태어났다는 사실을
단 벌의 조건이 있다면 사랑은 자기 스스로를 향해선 안 될 것
나는 뼈저리게 영광스러운 벌을 받는 중이야

이 앎은 푸르게 뜨거운 흉터인 거지
어쩌면 전장에서 입었어야 할 영광을 나는 감정으로 입고 있
는지도 몰라

불을 저울에 올려주겠어
심판을 받았어
그러니 나는 무게 없는 상흔을 지겹도록 감각하는 중이야

하지만 언젠가

판례가 아니라 투명한 나의 일기를 읽는다면,
다 낡아가는 종이에 강제로 쓰이는 사관의 기록이 아니라
얇은 말로 이루어진 삶을 쓸 수 있다면

흉터는 뜨겁지 않았고 붉은 살이었다는 것을 깨달을 수 있을
거야
두꺼운 말은 허영이었고 과거의 언어는 두꺼웠다는 걸 알게
될 거야

그렇게 무게 없는 영광은
더 이상 내게 벌이 아닐 거야

이소

솔직하게 적자니 모든 글이 나오지 않기 시작했어
당신은 왜 살아가나요
그러면서 꽃의 존재는 왜 묻지 않나요
따위의 말만 돌려 할 수 있게 되고

문장은 깜빡이는 가로등의 불빛처럼 사멸하기 시작했어
나는 이제 마음을 바꿔야 할지도 몰라

이건 우편의 앉은 자가 행하는 제비뽑기도 아니고 랜덤 게임
도 아니야 그저 자연스러운 꽃의 죽음이지 화원에서는 오늘도
제비꽃이 죽었고 내일은 죽었던 제비꽃의 남은 씨앗이 심길 거
야 내년 어느 계절에는 보라색 제비꽃을 따서 어릴 적 나의 감정
처럼 먹어볼 수도 있겠지

죽어가는 머리와 죽어가는 심장과 죽어가는 피부와 죽어가는
나의 폐부가 매일같이 주름진다고 생각했어
그렇다면 깜빡이는 가로등처럼 정기적으로 숨을 쉬는 과정은
결국 피부에 선을 긋는 과정일까

그동안 나는 마음을 바꿨어
이제 좀 더 쉬운 말을 할 수 있을지 몰라

산속 귀신의 집

부드럽게 솎아내는 어제의 꿈

오늘은 뭍에서 허덕였고 어제는 눈을 감고 잠시 차가운 직선이 되었다가 그대로 관자놀이에 불을 부었다

구월에는 뚜벅뚜벅 학교까지 걸어갔던 내가 시월에는 다시 산을 오르고 언덕을 올라 귀신의 집으로 가고 있잖아 안전장치도 펜스도 없는 언덕의 끝 검은 바람이 풍기어 나오는 귀신의 집을 볼 때마다 직감이 다가가서는 안 된다고 말하고 있었지

걸을 생각이 없었어 어제의 꿈을 솎아내면 오늘은 일찍 소식이 멀어질 것 같았고 버스도 자동차도 타지 않는 내가 여전히 동네를 걸어 다닐 것 같았고 그래서 언덕은 오르지 않아도 될 것 같았고 그러니까 좀 더 용감해지지 않아도 될 것 같았어

언덕을 두드리면

유월의 여름을 차갑게 기억하는 내가 문을 열고 나와 말하지

귀신의 집에 가면 왠지 정신을 빼앗길 것 같았어

나는 용기 없는 사람이고 꽤 만족스러워

성급한 결론

만물의 이야기를 들은 적이 있어 언젠가 우리가 세상과 싸우는 방식은 삶의 방식이라는 이야기를 듣고 생각했지 이름 모를 꽃은, 회색 카고 바지는, 스탠딩 책상은, 주황색 튤립이 꽂힌 나무 화분은,

모두 나를 사랑하고 있다고
나를 살아가게 만든다고

사랑하는 것들이 몸을 부풀렸다 어쩌면 어제의 말이었을지도 모를 잔잔한 기억들 기억으로 살아가는 우리가 어떻게 사랑을 잊을 수 있겠어 내일의 말을 예언하지 않아도 나는 시로 노래를 부르며 사랑을 찾아 오늘을 살고

만물이 숨을 쉬어

그건 내가 살아가도 괜찮다는 신호일 거야

nirvāna

거북이 마음으로만 걸어가는 길 갈라파고스의 바다에서는 물 내음으로 제사를 지낸다 향내가 나면 온통 육지가 될 테니 연기는 나이 많은 물 내음으로 대신해야 한다 때로는 모래로 기어가 모래로 다시 되돌아오던 일 더 이상은 닮아가려 애쓰는 일이 아니다 나는 거북이 토해낸 것들을 타고 훨훨 날아간다

어쩌면 고리 밖에서 언덕으로 넘어갈지 몰라 나는 구불구불한 구름을 타고 구불구불한 해변가를 지나 구불구불한 태양 위로 올라탄다 하나둘셋 불이 꺼지고 눈을 뜨고 다시 눈을 감으면 드디어 사라진 나

자유를 원해

이것은 한 사람의 목소리

드문드문 비가 내렸어
한 곳에 모인 물고기가 흩어지듯이
나는 바닷속을 헤엄치고 있었고 어느 날에는 가볍게 날았네
바다는 너무 무거워서
차라리 드물어지는 편이 낫겠다고 생각했어
어쩌면 깊게 파이는 것도 나쁘지 않겠지
물고기는 심해에서도 사니까

사실은 어두컴컴한 시야가 싫었어

잠에 들고
현실도 들었지

무거운 곳에 살아야 한다면
나는 가볍게 날아오를래
덩어리가 되는 건 싫어
바늘로 살아갈 거니까
그러다 버스의 창가에 붙어

각진 물방울이 될 수 있다면

나는 가벼운 바다를 머금고

다시 땅으로

톡

바다의 사각

그들은 여전히 비슷했지만 나는 엇나가고 있었어 그러니까 머리 위에 달린 빛나는 사각형이 내게는 너무 무거웠다고나 할까 게임에 나올 법한 그 사각형 말이야

이를테면 땅에서 태어난 자들은 머리 위에 흙냄새가 나는 어린 왕자의 사각을 가지고 있어 그치만 나는 바다에서 똑 떨어진 비린내를 가지고 있는 거지

바다에서 똑 떨어진 비린내

사각은 면으로 풀어지고 바닥에 착착 눌러 붙다가 씨실과 날실 가로와 세로 하나씩 풀리는 줄과 줄과 줄 나는 칭칭 감겨 꼭 떨어지고 말지 포박된 포로처럼 바닥에 구르는 밑줄이 되어

나는 면에서 선이 되었네

둥둥 뜬 밑줄은 여전히 습하다 창문 너머로 건너오는 바다의 향기는 비린내라기보다 고향에 더 가깝다 그렇다면 나는 바다를 건너는 중이지 고향 같은 바다를

씨실과 날실로 풀린 사각 안에는 뭐가 들었을까

바다에서 똑 떨어진 비린내

제4부

노래를 부르는 일

천사의 울타리 안에 심해가 자라면
나는 점점 더 가라앉지

누군가
나는 그저
어린 양이라고 했어
그래서 생(生)에 복종해야 한다고

자, 노래를 부르자
태초에 언덕이 있었고 언덕에서 뛰놀던 사람이 있었고 사람이
사람을 낳아 대를 이었고 어느새 우리는 모두 쓰러졌고 그래서
내일을 살았고

눈 감은 채 이어지는 밤하늘이 길었다

포자처럼 빙산에 갇혀 이어지는 생명이
아주 길어서

내일을 살기 위해
눈을 감았고

나는 밤 속으로
추락했고

내가 할 줄 아는 건 노래를 부르는 일밖에 없는데
예찬이든 멸망의 노래든
내가 할 줄 아는 건 노래를 부르는 일밖에 없는데

언젠가 세상은 밤이 되었고
검고 각진 도시에 별이 켜지면
내 두 다리는 부서지는 보석 같아서
앞으로 걸을 수 없었어

여전히 울타리에는 물이 들어오고 나가는데
나는 부러진 다리를 모래에 박고
멍하니 물에 휩쓸리기만 하고

하지만 나아가는 사람이 되어야지

나는 노래를 불렀다
긍정의 결말을 내지 않을 거야

나는 노래를 불렀다

자 이제 무엇이 달라졌지

허무

구멍이 송송 뚫린 파스타면 오백 원은 너무 많아 하지만 나는
파스타를 삶아야지 냄비를 올리고 불이 떠오르는 순간을 보고
있자니 불의 무게가 떠올랐다

구멍이 송송 뚫린 파스타면에 파스타를 하나 빼들어 불을 붙
인다 어린아이가 즐겨하는 어른 따라하기 놀이 금방 불은 사그
라들지만 연기를 폐까지 빨아들이며 불의 숨을 들이마셔야 해
그렇게 가짜가 되자 보란 듯이 피부를 입고 연기로 구성된 영혼
인 척하자

텅 빈 울음으로 스마일 풍선을 달고 광대가 되자 텅 빈 박사
의 안경을 쓰고 세상을 이야기하자 피부도 입지 않은 영혼으로
생(生)을 이야기하자 그래 그렇게 무관심하게 또 흠뻑 손수건을
가슴에 꽂은 채 와인 한 잔의 글라스를 들고

그 다음은 허파에 있는 연기로 불을 피우기 담배에 다시 불을
피우기 받침대가 될 담배를 붙잡고 불쏘시개 담배를 쥐어 들어
휘휘 연기를 꺼내기 연기를 몰아쉬며 불을 붙이기

물이 끓는다

온데간데없는 담배와

흐느적거리는 파스타면

생활필수품

내일의 나는 묘비명을 고를 거고 크리스마스에는 수건이 모자랄 거야

오늘의 나는 빨간 국물에 밥을 말아서 먹고 휴지가 없어 수건으로 입을 닦았다 각 티슈는 쓰지 않을게 마무리를 짓기 전에는 크기로도 부피로도 두루마기 휴지가 선반을 채우기 좋을 테니까

하지만 그건 너무 살아있는 것 같잖아

두루마기 휴지처럼 하얀 셔츠에 적당한 검정 슬랙스 (나팔바지는 안 돼 발목의 너비가 커지니까) 지극히 평범한 옷을 입고서 개성이라 우기면 다들 옷보다는 옷맵시를 살필지도 몰라 (크기가 꽉 차는 옷 말이야)
사실은 나도 너비가 커지는 나팔바지를 입고 부피 있는 블라우스에 뷔스티에를 입고 싶었어 그러면 나도 같이 사진에 찍히고 휴대폰에 휩쓸려 영영 그 속에 갇힐 수 있었을 거야 (꼭 심장이 뛰는 인간처럼)

그러나 나의 끝은 점점 줄어들어 크리스마스의 나는 빨간 국물에 어제 시켜 눅눅해진 치킨을 전자레인지에 돌려먹고 수건으

로 입을 닦았다

　상아색 수건 또는 거친 흰색 수건

　아마도 표백하지 않는 이상 빨간 국물은 지워지지 않겠지 크리스마스의 징표 또는 흉터처럼

　좋은 날 상처를 남겨서 미안해 하지만 숨 쉬는 게 어려웠어 선반은 생각보다 넓고 높아서 내가 두루마기 휴지를 채우기에도 어려웠어 내가 발을 딛는 공간은 전부 두루마기 휴지처럼 저절로 딸려오는 게 아니라는 걸 난 너무 늦게 알았어 거실에는 러그를 깔기 어려웠고 곱고 보드라운 극세사 이불을 바라기에는 내가 너무 낯설었어 매트리스가 없는 바닥 위의 내가 송장 같으면서도 겨우 치덕치덕 몸을 세우는 강시 같아 불만이 많았어

　덕분에 삐걱이는 새벽녘이면 나는 전장을 배회하는 광중의 소녀처럼 홀로 펑펑 웃곤 했다

　난 크리스마스까지 선반에 두루마기 휴지를 채울 능력이 없었지 그건 단지 선반이 너무 높고 넓기 때문이었어 꽉꽉 들어차지

않는 이상 나는 제자리에 서 있기 힘들었거든 여백의 미는 선반에게 어울리지 않는 이름이고 내게는 나처럼 낯선 존재였으니

전 세계의 축제가 북반구의 여름이 아니어서 다행이야
나도 어떻게든 봄날의 나른함을 이기고 선반에 휴지를 가득 채우든, 꽉꽉 들어차지 않는 나의 선반을 만족하며 일어서든 할게

겨울이 오면 그때는 수건 말고 새하얀 냅킨으로 입을 닦고 싶어 그러니 조금 더 몸을 가뿐히 일으켜 문고리를 붙잡고 통곡할게 나는 통통 뛰는 강시가 아니었고 통통 뛰는 것은 땅에 떨어진 두루마기 휴지만으로 충분했었다고

심방 속에서

오늘이 낡아가는 모습을 봤어

그러므로

천장을 떠올릴 수 있겠니 박동하던 친구를 떠올릴 수 있겠니 둥글게 쌓인 벽을 떠올릴 수 있겠니 그 사이사이를 지나던 실가닥을

떠올릴 수 있겠니

붉은 별이 떠오르는 모습을 봤어 벽에 박힌 별은 아름다웠고 나는 둥글게 쌓인 벽 속에 갇혀 수천 개의 별 중 무엇을 먹을지 고민했다

사람들은 이곳을 심장이라 부른다지

피가 뭉치면 별이 될까

나는 열렬히 박동했다 다시는 그러지 않을 거야 앞으로 이런 일은 절대 일어나지 않아 미래는 예언의 것 나는 자연스레 떠오르는 별을 발견하고 뭉친 별도 보았다

그래 이게 다야 별은 종양일 뿐이야

나는 낡아가는 오늘을 보며 박동하지 않기로 결정했다

무의식에 기억을 넣어두었다

세상에서 제일 어두운 등잔 밑을
조심해야 해
땀이 나면 땀이 비틀어지는 게 아니라 지그시 눌러야 예의라
고 말해주던 사람이 생각난다
기다려 봐, 더 있어
내 옷이 옷이 아니라던 사람이 생각난다 내 밥이 무슨 소린지
도 모르겠다는 말을 내뱉던 사람이 생각난다 왜 집을 돌려 적는
사람은 자살해요
라고 묻던 사람이 생각난다

세상에서 제일 어두운 등잔 밑
원의 중심에 나를 두었어
일 미터 안에 들어온 사람들이 있었고

좀 옷이든 밥이든 집이든 참을 수 없어?
미안해 더는 이런 _____밖에 하지 못해

모든 것이 바위란 말이야 나는 바퀴를 끝없이 굴려 모서리진
산 위에 올려야 하는 사람이란 말이야 옳은 것도 옳지 않은 것
도 모른단 말이야 나는 세상에서 제일 어두운 등잔 밑에서 기억

을 빼먹은 사람

  등잔 밑을 들여다보지 마세요

  오늘 밤만 이렇게 기억을 쌓아둘 거야
  내일 아침에는 빨래거리가 순식간에 사라질 거라고 믿어

누런 우울에 대한 연구

단칸방 조그만 창문에 비치는 누런 불빛

예로부터 누런 전구를 싫어했어

거울을 보면 피부가 죄다 노래서 내가 꼭 담배 냄새 섞인 벽지
를 닮아가는 것 같았거든 그 집은 항상 그랬어 누런 전구가 흰
색인 줄 알았고 세뱃돈도 누런 오천 원을 건네주곤 했지 그러면
나는 오만원권이 없던 시절에 오만 원을 받은 척하면서 황색으
로 인사하는 거야 황색의 마음으로

담배 냄새에 찌든 벽지

빗물이 새서 검게 번진 곰팡이

그건 전부 벗겨진 양말과 나뒹구는 바람막이 따위가 만든 결
합물이었어

드러누워 입을 열고 고이 숨을 내뱉으면 연기가 핑그르르 솟
아오르지 그러면 숨을 내뱉은 사람은 또 숨을 내뱉고 또 숨을
내뱉고 숨을 쉬는 게 아니라 토하고 토하고 토하고

이따금 풍기는 기괴한 입 냄새와 한숨

바닥에 썩어가는 담뱃재

어쩌면 짓눌리는 폐부는 누런색일지도 모르지

태양을 받아야 피부가 누래지는 줄 알았어

하지만 어떤 곳에서는

기절한 토끼마냥 힘을 쭉 빼고 드러눕기만 해도 폐부로 들어

오는 습기를 누렇게 만들 수 있더라고

영원회귀의 반대쪽

잠에 들었어

격월로 발행되는 문학잡지를 읽다가 새의 죽음을 읽었어 매일매일 로드킬을 당하는 어린 고라니와 핏기 가득한 고기를 먹으려 드는 자살 비행

오늘은 삼 킬로미터를 걸었고 어제는 팔 킬로미터를 걸었어 오후 일곱 시가 되면 운동을 하러 밖으로 나갔고 손에 쥐어진 건 휴대폰밖에 없었어 GPS가 거리를 측정했고 매일 물을 마시지 않았어

목이 말랐어 이상하게 말이야 물도 음료수도 아무것도 없는 텁텁한 여름 속에서 나는 달리고 있는데

자꾸만 인도로 들이치는 차와 인도와 도로를 헷갈려 뛰어다니는 나는 어제 죽은 고라니일까

고라니를 먹으러 새가 왔고 새가 차에 치어 죽었고 오늘의 나도 차에 치여 죽으면 남은 것은 잠들었던 나와 문학잡지를 읽던 나와 운동을 하던 나밖에 없는데

너는 다시 한번 고라니가 되고 싶니

악보 침범 기도 폐쇄

구두를 신고 살아가는 법을 배우세요
구두를 신고 살아가는 법을 배우세요
구두를 신고 살아가는 법을 배우세요
구두를 신고 살아가는 법을 배우세요
구두를 신고 살아가는 법을 배우세요

어쩌면 뽀글머리에 붉은 안경을 쓴 교사가 나무 회초리를 들고 하는 말 또각또각 걸어가는 소리는 왼쪽 귀에서 오른쪽 귀로 꼭 뇌리에 박힌 소리가 실선을 타고 흘러가듯이 커다란 온점이 되어 줄표를 그렸고

솟아오르지
나는 줄표의 첫 번째 칸에 갇혀 죄수가 되었네
사다리를 타고 올라갈 거야 어쩌면 이건 커다란 연속의 노래 빠르게 빠르게 다시 한번 솟아올라 막대를 붙잡고 덩그러니 고개를 아래로 내밀면
구두를 신고 살아가는 법을 배우세요
나는 나가는 법을 모르는데 나는 여전히 줄표에 몸을 꿰고 가느다란 실선이 부르는 노래를 왼쪽 귀에서 오른쪽 귀로 다시 한번 노래를 부르면 여자는 또각또각 구두를 신고 살아가는 법을

배우세요 구두를 신고 살아가는 법을 배우세요 그러면 나는 겁
에 질려 다시 한번 여자의 말을 잠자코 듣지

구 두 를 신 고 살 아 가 는 법 을 배 우 세 요

여자가 말했어
아직도 발은 머리에 걸려 있나요

빚쟁이

　미안해 밀린 답장을 일제히 마쳤어 어쩌면
　알잖아 나는 햇빛에 빚을 내어 살고 있다는 사실을 오늘치의
구름에 감정을 쏟을 것 내일의 비는 우산으로 막아내야 합니다
가능하면 땅굴 안으로 들어가세요 폭탄처럼 바늘이 쏟아져 내
릴 테니까

　지난밤 내린 결정은
　예리했지 꼭 바늘로 만든 것처럼
　차가웠고 아름다웠어 때로는
　결정으로 사람을 만들기도 한다지

　알잖아 나는 실을 뽑아내는 누에고치처럼 숨을 뽑아내고 있
다고
　언젠가 이 숨을 다 뽑아내면 바늘도 결정도 없는 곳으로 가고
싶어 그곳은 아마 삽이 어울리는 곳이겠지 내 구름을 다시 펴
나를

　나는 사후에도 빚을 갚으려 이리저리 뛰어다니고

감금

나 또 바람에 잠겼어
시를 쓰는 방법을 모르겠어
속에서부터 솟아오르는 꽉 막힌 언어들이 날 괴롭혀
언어는 본디 사방이 뚫려야 하는데
나의 말은 그렇지 못해서 바람 속에 갇힌 고대의 문자처럼,
아니 어쩌면 내 피부 밑의 가뭄과 닮았어
나는 쩍쩍 갈라지고 있지

다시 내일이 와
바람에 일렁이는 파도는
또다시 밀려오고

갈증

비행기는 하늘에 구름을 긋고 날아가지
잠깐 흔들렸다 사라지는 것들
나는 꼭 삶이 그런 줄 알았는데

낡고 앙상하게 말라버린 뼈대
지나치게 지속적인 햇볕
사막에 사는 가시덩굴처럼
누군가 자꾸만 사멸의 채찍을 때려와
피부가 낡고 갈라지는 고문처럼 말이지

생각해보니
사막에는 비행기가 잘 날아오지 않네
그러므로 나는 사막의 삶을 대체할
부호를 찾아내야 하는데

여기가 바다였다면
모스부호를 외치면 되었을 텐데
하늘이었다면
교신으로 불쑥 솟은 탑이 메아리를 들어줄 텐데

오고 가도 햇빛만 내리쬐는

영겁의 길

발이 푹푹 꺼지는 모래 속으로

난잡한 채찍이 자꾸만 다리를 할퀴더라

기복

나는 귀 뒤에 지난날의 영광을 품고 산다
울퉁불퉁 솟아오르다 푹 꺼지는
굴곡진 언덕에 고이 잠들어 버린
박수갈채와 함성
때로는 질투와 욕설 같은 것들이
햇빛 닿지 않는 귀 뒤에서
무성한 이끼처럼
땅으로 꺼져 자라난다

보이지 않고 느껴지지 않는 언덕
좋았던 기억은 언덕처럼 부풀어 올라
똑떨어져 허공으로 도망가려 하고
움푹 팬 웅덩이 속
시시비비 가리던 못된 말들은
패이고 또 패여 내 속으로 들어온다

소리 지르던 열기
또는
포효 같았던 비명

고이 잠들었던 소리는
불 꺼진 밤이 되면
카세트테이프 같던 검정을 타고 흐른다

날카로운 소리들은 데구루루 굴러
귓바퀴를 콕콕 쑤시고
짝짝 달라붙던 박수 소리는
귀를 납작하게
그래서 뼈가 눌리게
내가 그리워하던 옛 귀를 떠올리게 하고

오늘은 오른쪽으로 누워 자야지
내일은 왼쪽으로 누울 거야
귀가 방바닥에 납작이 붙으면
지나간 함성 소리도 욕설도
귀 뒤에 붙어 와글와글 떠들지 못할 테지

울퉁불퉁한 언덕과 웅덩이보다
편평한 들판이 더 마음에 들었고
구설수 없이 땅만을 타고 흐르던

그 평평함은
내게 평온이었다

예배

신발의 모래를 터는 건 익숙한 의식이야
이를테면 죽어서도 살기 위해 동물을 태워 기도를 드리던
그때의 의식처럼

신발을 거꾸로 뒤집어 모래를 털고 조그만 돌덩어리가 혹처럼
떨어져 나가면 나는 그제야 신발을 신고 스틱을 쥐는 거지
　스틱 말이야 선생님이 교편을 잡듯이 공을 쳐 내는 거야
　머리로는 스틱을 움직이고 몸으로는 사람을 쳐 냈어 날아가는
공과 비명을 지르는 열기들 언젠가는 머릿속에서 포장을 뜯지
않은 체스판이 너무나 차가워서 뜨거운 공기가 아래로 가라앉기
도 했어
　그러니까 이건 숨을 쉬는 일이지 뜨거운 공기를 아래로 내려
보내고 차가운 공기를 위로 올려보내 나를 제사장으로 만드는
　그런 의식
　죽어서도 살아있길 바랐어 그러나 나는 이제 살아있지 않아

어떻게 다듬으라는 걸까

늘 그렇듯이 여전한 일상
숨을 들이마실 때마다 지독한 우울에 짓눌리는 일상

어제는 차분한 연락이 왔어 그 사람과 햇빛 비치는 봄날의 거
리에서 산책하자며 약속했지 감정은 수용성이고 특히나 눈물은
햇빛에 잘 녹기 때문에 우리는 햇빛 짙은 날에 산책을 해야 한다
는 거였어

사실 그건 나 때문이었지 이건 지독한 일상이고 흔하고 뻔한
낱말들의 퍼레이드와 같지 매일 같은 주제와 같은 감정으로 글
을 쓰고 같은 단어로 문장을 나열하는 일은 타인에게 내가 앓는
병의 이름과 약물을 속속들이 공개하는 것과 같지 이건 나를 해
부하는 전시회야 다른 사람에게 나의 장기를 버젓이 공개하는

나의 융털은 지나치게 짧고 미숙하다
말도 밥도 소화하기에 턱없이 부족한 셈이지
그야 약만 먹고 자라나길 밥 먹듯 했으니까

햇빛 비치는 날 뜀박질을 해야 했어
그러나 뜀박질을 해도 자라나던 슬픔을 기억하니

나는 내 속에 모니터 하나를 설치하고 나를 밥 먹듯이 관찰했지 미세하게 틀어진 방향과 약해진 손아귀를 탓하며 힘의 농도와 집중력의 세기를 열심히 관찰한 거야 내면의 나는 누구보다 악독한 감독이었지 나의 예상 경로에서 틀어지는 나의 발은 처참히 밟혀야 직성이 풀렸어

　그러니까 뜀박질을 해도 자라나던 슬픔을 너는 기억하니

　정제된 말로 어떤 슬픔을 표현하라는 걸까
　나는 단 한 번도 열심히 산 적이 없는 것 같아
　따위의 문장을 어떻게 속내를 비치지 않고 다듬으라는 걸까 나는 당장 자리에서 일어나 나의 슬픔을 햇빛에 녹이기도 벅찬데 어떤 방식으로 나의 슬픔을 숨기기 위해 노력해야 하는 걸까

　이건 기나긴 일기이자 환자의 여행기
　감정이라는 혹이 마음에 들지 않아 심장을 떼어버린 어느 사람의 역사기

뫼비우스의 띠

지금은 주식을 먹을 때일까

밥 대신 알갱이를 밀어 넣으니 몸이 성할 날이 없다 아니 이를 테면 밥도 알갱이의 합인데 그렇다면 나는 하양을 밑도 끝도 없이 뱃속에 집어넣는 거지 뱃속이 하얗게 새어가니 나는 하얀 구 렁이를 품고 역류하는 느낌 속에 사는 거야

계단 대신 밟는 겨울, 끄트머리 즈음 와 있었고 나는 달랑달 랑 겨울에 매달려 아래로 내려갔다 이건 지독한 일상이지 사탕을 입에 물고 둥글리는 일상 둥그런 죽음을 보고 둥그런 사탕을 떠올리는 일상 창문을 연 몸은 점점 움츠러들고 나는 사탕처럼 둥글게 죽음을 맞이한다 딱딱하게 둥글린 몸 설탕으로 굳은 사탕 하얗게 굳은 나

캐스터네츠, 또는 지휘자, 울렁이는 보도블록에서 솟아오르다 딱 소리가 나면 다시 지금은 주식을 먹을 때일까 아니면 밥을 먹을 때일까 울렁이는 보도블록과 뱃속에 품은 구렁이 겨울의 끄트머리를 밟고 내려가는 지하보도

화재

나는 듣는다
타닥타닥 생애가 사라지는 소리를
추억이 조용히 나의 곁을 떠난다는 사실을
나는 맡는다
부정당하는 삶이 이토록 괴로운 것이었는지
지독한 생의 냄새를
맡는다

악취가 나던 그날을 표현한다면
여러 송장이 죽은 방식을 말해야 한다는 것을
송장의 개수는 나무판자나 붙잡고 살아온 삶의 개수

많은 것들이 타올랐지
백야가 시작될 거야
해가 내려앉지 않을 거야
불이 날 거야
우리는 영영 고통스럽게 빛나는 거지

빛이 나길 원했던 적이 있었던가

공동묘지

우수수 떨어지는 풀잎처럼 가라앉기로 해요
갈라진 벽의 틈 사이
벌어진 거짓말이 될게요
혹여라도 어둠 속에서 내가
홀로 불안에 떨면
갈대가 된 피부를
모른 척해주세요

닭처럼 아침마다 울어댈 순 없으니
밤새 솜다발에 짓눌려
홀로 울음을 뱉을게요
그럴 때면 돋아 오른
수천 개의 봉분을
모른 척해주세요

많은 생각이 죽었어요
마치 피부의 시체처럼
보드라운 살 위에 쌓이다 못해
공동묘지가 되었어요

많은 말이 죽었어요
산 것들도 순장을 치렀어요
사실 죽지 않아야 할 것들이 많았는데
살았던 것들도 다 같이 죽어버렸어요

오늘의 땅에는
봉분을 놓을 자리가 모자라요
발 디딜 틈도 없어서
각자의 숨구멍을 막아버리듯이

기억

그리운 것들이 구워지는 냄새를 맡았어
표고버섯이었을까
내가 잃어버린 것 말이야

매일을 오래된 공주의 잠처럼 살았네 시녀들이 말했어 어쩌면
의도된 화재였을지도 몰라 그렇지 않고서야 잃어버린 날을 구워
먹는다는 게 말이나 돼

폐포에서 질문이 터져 나왔어
어쩌면 문지기는 잠
사과를 먹어
다시 영원한 잠에 빠질 거야

바늘에 찔려 그렇지 않으면 불을 먹어 그것도 안 되면 네가 그
릴에 가서 누워 조금 아프겠지만 잃어버리려면 어쩔 수 없잖아
익숙한 향기가 나도 우리는 어쩔 수 없다고 잃어버려야 살아갈
수 있는 날이 생긴단 말이야

그렇게 잃어버리고 싶었어
사막에 바늘을 묻고 영영 찾고 싶지 않았어

잃어버린 날들은 잃어버린 대로

오늘의 나는 아직도 오래된 공주처럼 살아가고

독해

검정이 나를 읽고 있어요
발밑부터 머리까지 천천히
아마도 검정은 나를 삼킬 예정인가 봐요

검정을 붓에 찍어 누를 수만 있다면
밤을 꼭꼭 씹을 수만 있다면
기꺼웠던 지난날의 설렘을 검정이 먹을 수만 있다면

나 말고 검정에 기억을 던져줄 거예요
유기된 검정은 종종 밤의 흔적을 갖고 있죠

밤의 흔적은 무엇입니까 경험과 감정의 총체요, 정서로 표현되
는 비극입니다 그렇다면 던져진 기억은 밤의 흔적을 만들 수 있
습니까 기억이 날아가는 이 순간도 밤의 흔적을 만들 수 있습니
까 경험과 감정의 총체인 저는 밤의 흔적으로부터 도피할 수 있
나요

혹시나 오해할까 말해두는데
검정은 네모난 창 밖으로 두껍게 깔린 비극이에요

오늘을 견딜 수 있을지 모르겠어요

검정이 벽을 타고 흘러 들어와 나를 읽고 있어요

나는 직독될 책 하나

나의 기억은 밤에 의해 유기될 거예요

어쩌면 나도

허무

모든 이유를 풀었다
존재도 사유도
지나치게 날 잡아끌던
무덤의 유언도
오늘로써 종언을 맞았다
모든 이유를 내려놓았다
서릿발처럼 춤추던
언덕 위에 쌓인 관계들
퍼내기에 아까운 것들은 머무르고
무거운 것들만 골라 던져내는 그런 날들
나는 잡초를 솎아내는 것처럼,
아니,
솎아냈다기엔 놓아버린 것에 가까운 날들
형편없는 울음으로 종잇장을 짓이긴다
미련 없는 속박처럼
멍청하게 응시하는 허공의 칼날이
자꾸만 무뎌져가고
더 이상 허둥대며 말을 쫓지 말아야지
그럼에도 목구멍이 텅 빈 것을 보니
진정으로 원하던 마음은 아닌가보다

그럼에도

부대끼고 살아야만 삶이라면

우리는 삶의 종언을 맞자

질주를 망각하고 멍하니 트랙에 머무르자

허덕이는 물살을 가로질러

나무판자나 붙잡고 살아야 할 삶이라면

나는 위대한 발끝으로 서기를 포기해야지

기대도 이별도

모든 떠나간 것들에 마음을 덜어내는 연습으로

발목이 꺾여 스러지는

그 순간조차도

신의를 덜어내 왔던 연습으로

서성이는 모든 시간에

부대끼는 삶의 종언을 맞고

텅 빈 마음을 안은 채로

나는 허무에 목을 매달았다

향수

도무지 아무것도 먹으려 들지 않는 갓난아이
한참을 울다 눈물을 멈추면
여자는 분유를 데워 잠든 아이의 입으로
죽을 흘려 넣었다
위에서 아래로
다시 아래에서 더 아래로

생존보다 명분을 중시하는 동물을 본 적 있나요
머리에 아직도 피가 흐르고 있는데 말예요

분유도 벌레도 무엇도 먹으려 들지 않는 아이는 어쩌면 바닷
속부터 탯줄로 목을 휘감았는지도 모를 일이다 아이는 밖에서
진혼가가 울리는 날이면 여자의 배를 힘껏 발길질했다

태동이었다

바깥의 사람은 생명의 몸부림을 만지고 눈물을 흘렸다

그것 또한 태동이었다

진혼가의 음표 꼬리는 탯줄로도 이을 수 있다
그것은 야생초로 휘감긴 둥근 무덤과 같다

갓난아이는 새근새근 자다가
분수처럼 먹이를 게워 내었다
아이의 머리에는 아직도 피가 흐르고
피부는 여전히 새파랬다

짐승의 팔이 늘어지고 목이 젖혔다

무리에서 자발적으로 이탈한 개미
사자 앞에 달려가 몸을 누이는 얼룩말
가시를 없앤 장미
물살을 더 이상 거르지 않는 연어들처럼

삶이라는 커다란 줄기에 백기를 든 갓난아이는
깃발을 들 힘도 없어 하얗게 눈을 까뒤집었다

인터뷰

낭만보다 허무

: 스토리텔링의 시

0. 무(無)에서 유(有)

○시인의 시적 사유(思惟)의 영역이 매우 넓고 크다. 특히 시집 맨 앞에 수록된 시부터 그런 인상을 받을 수 있었다. 시인의 시적 사유는 어디에서부터 출발한 것인가.

창문으로 깨어지듯 들어오는 노을, 배구공이 통통 튕기는 소리, 부서지듯 흔들리는 골대의 그물과 마룻바닥에서 잔잔하게 올라오는 나무 냄새⋯⋯. 제 시적 사유는 체육관에서 출발했습니다. 학창 시절 내내 저는 책 읽고 글 쓰는 아이가 아니라 운동에 미쳐 있는 아이였는데요, 그런 저를 살아가게 하는 일은 당연하게도 운동이었습니다. 몸을 놀리고 공을 걷어차며 두 팔로 배구공을 받아내고 근육이 터질 듯이 달려 나가는 행위가 제 유일한 삶의 이유였습니다. 때때로 사람의 삶의 이유는 너무나도 하찮아서 타인의 이해를 불필요로 합니다. 저의 경우가 그랬습니다. 타인의 이해는 필요 없는 제 삶의 이유가 전 너무 좋았습니다. 제 몸을 움직이는 행위 자체가 너무 행복했거든요. 뜀박질하며 머리카락이 휘날리는 순간에는 저절로 미소가 지어졌습니다.

그런 어느 날, 저는 체육 쪽 진로를 지망하고 있었으나 집안의 반대에 가로막히게 되고, 운동을 할 때도 집안의 반발에 괴로워했습니다. 그러다 두 번째 좋아하는 일을 찾으니 그게 글쓰기였습니다. 언젠가 적었던 글에는 '살기 위해 글을 썼고, 운동을 하기 위해 살았다.'라는 문장이 있습니다. 제 시적 사유와 발상, 상상력은 모두 운동장과 체육관에서 근육이 터질 듯이 달리던 제 과거의 영광에서 나왔습니다.

1. 언어가 모이는 호수가 있다면

○이어서 질문을 하나 더 한다면, 시인의 시적 사유는 언어로부터 오는 것인가? 아님 시인이 겪은 삶으로부터 오는 것인가? 아님 그 무엇도 아닌 어떤 것으로부터 오는 것인가?

저는 감히 가장 마지막 선택지에 관해 말하고 싶습니다. 저는 늘 느낍니다. 머릿속에는 검은색의 거대한 공동(空洞)이 있고, 그 공동의 원래 상태는 비어 있는 모습이지만 어느 순간 언어라는 것이 물결처럼 무수히 흘러들어와 공동을 채웁니다. 그곳에는 조금 과장하여 수십만 개의 문장이 완성된 형태로 떠다닙니다. 그 문장들 간의 관계성은 찾기 어렵지만, 저는 그렇게 흐르고 흐르는 문장을 건져내어 간신히 글을 씁니다.

저는 늘 느낍니다. 문장이 완성된 형태로 몇 개씩 떠오르고 있다는 사실을요. 그때는 꼭 아주 재밌는 수수께끼를 푸는 것처럼 머리가 핑핑 돌아갑니다. 문장과 문장이 충돌하고, 문자와 문자가 결합해요. 저는 문법이나 언어학적인 지식은 잘 모르지만, 관자놀이부터 머리 꼭대기까지 어떤 느낌이 휘몰아치면 어느새 문장이 탄생합니다. 머리가 정말 핑핑 돌아간다고밖에 표현하질 못하겠어요. 제 어휘력의 한계입니다.

○1부 앞에서부터 보면 유난히 '신, 하늘, 하느님, 노아, 율법' 등 종교적인 언어와 발상이 등장하고 있다. 시적 수사(修辭)인지, 아니면 시인의 정신적 배경인가.

저는 모태신앙으로 자랐습니다. 그러나 종교적 방황―저는 이를 방황이 아닌 '자유'의 획득이라고 생각하지만 어떤 사람들은 이를 '방황'으로 규정짓곤 합니다. 하지만 그 당시의 저는 꼭 속박에서 풀려난 느낌을 받았습니다―을 겪고 전 무교가 되었습니다. 지금은 여러 종교를 접하고 겪으며 종교를 하나의 문화와 그 이상의 것으로 활용하는 중입니다. 지금의 저는 자유를 찾아 떠난 사람이 되었으니 종교적인 언어와 발상은 어디까지나 시적 수사에 가깝다고 보시면 되리라 생각합니다.

○〈이상한 팔레트〉, 〈방화하지 아니하며〉, 〈잠〉 등을 보면 색채감이 돋보인다. 가령, '검정, 초록, 파랑, 하양, 빨강, 노랑'과 '푸른, 붉은, 시뻘건', '파랑, 하얗게, 상아색' 등 색채감을 통해 시각적 이미지를 드러낸 의도는 무엇인가.

저는 종종 물건을 색깔의 이름으로 바꿔 부르곤 합니다. 그 버릇이 자연스레 시에도 옮겨 붙은 것 같다고 생각해요. 색깔은 어떤 물질에 있어서 본질적인 부분이 아닌가 생각하곤 합니다. 일단 시각이라는 감각에 직접적으로 연결되어 있기도 하고요. 이는 제가 세상을 바라볼 때 시각에 많이 의존한다는 뜻이기도 하겠지만 일단은 그렇습니다. 물건을 납작하게 눌러서 종이 위에 펴 바른다면……, 결국 남는 것은 무엇일까에 관한 생각을 많이 합니다.

2. 이야기를 시작합니다

○〈어쩌면 우리가 멸망을 부를 때〉는 연극적인 요소가 강하다. 연극적인 요소를 도입한 것은 형식적인 실험인가 혹은 의미의 전달을 위한 것인가.

단순히 형식적인 실험을 위해 쓴 시는 아니었어요. 어디까지나 의미의 전달을 위해 설계한 장치였습니다. 끊임없이 전쟁이 일어나고, 총소리가 울리는 세상. 피가 강물처럼 흐르고 연기가 구름처럼 피어오르는 일상. 어쩌면 이건 가상의 세계일지도 모릅니다. 제가 만들어낸 시이자 세계니까요. 그래서 연극처럼 보이기 위해 희곡의 모양새를 띄도록 했습니다. 하지만 연극은 허구의 이야기지만 결국 사람이 살아가는 이야기이고, 우리는 연극에서 삶의 의미를 찾기도 합니다. 결국 실제 세계와 연극 속의 세상은 밀접한 연관이 있지 않나 생각해요.

〈어쩌면 우리가 멸망을 부를 때〉 또한 비극적인 세상을 배경으로 합니다. 그러나 우리가 주목해야 할 부분은 연극 그 자체뿐만 아니라 연극 밖의 세상, 연극이 나타내는 의미, 그 의의가 아닐까 생각했습니다.

○〈체다치즈 프레첼〉은 고소한 치즈 맛과 프레첼의 바삭한 식감의 스낵이지만 그런 상식적인 정보보다 어쩌면 '지하 속의 지하'로 내려가는 것 같다. 다시 '지하에서 지상'으로 올라오는 마치 진실을 향해 노란색 종이를 씹어 먹는 것 같은 지상에서의 '체다치즈 프레첼' 한 입만 먹어보면 알 텐테…. 그 시적 사유가 현란하고 또 복잡하다. 이 시에 대한 시인의 시적 배경은 무엇인지 궁금하다. 또 이 시와 관련된 에피소드가 있으면 말할 수 있는가.

체다치즈 프레첼을 생각하면 노란색 이미지가 가장 먼저 떠오르잖아요. 달고 짠데다 자극적이기도 하고요. 그래서 황색 언론을 지칭하는 언어로 딱 맞겠다 생각했습니다. 처음 이 시를 썼을 당시는 〈카타리나 블룸의 잃어버린 명예〉를 막 읽었던 고등학생 때였습니다. 그 당시 황색 언론의 유해성을 발표하느라 자료 수집을 위해 책을 읽었는데, 너무 인상 깊은 나머지 '아, 시를 써야겠다!'라는 생각이 들어 휘갈겼던 시였습니다.

화자는 체다치즈 프레첼을 경멸하는 것처럼 보이지만 결국 자극적인 내용에 빠져 자기도 황색 언론에 물드는 비극적 결말을 맞게 됩니다. 요새 유튜브나 인스타그램, 트위터 등으로 '뉴스'가 빠르게 퍼지잖아요. 과연 그 뉴스 중에 진실은 무엇일까를 생각하면서 이 시를 시집에 넣게 되었습니다.

○시적 정서가 매우 경쾌하고 한편 극에서 극을 왔다갔다한다. 또 한 편의 시에서조차 현실과 비현실의 세계를 왔다갔다한다. 또 〈살아서 서〉에서처럼 '나'와 '우리'의 세계가 혼재되어 있기도 하다. 어쩌면 이 시집의 장점이 될 것이다. 이런 견해에 대해 시인의 입장은 무엇인가.

'사람은 하나의 세상이다.'라는 말을 참 좋아합니다. 내가 죽으면 결국에 나의 생각과 느낌이 모두 잿더미가 되어 버리는 것이니 사람은 하나의 세계입니다. 살아있는 '나'가 인식하는 한 세상이 존재하니까요.

그리고 나의 세계를 확장시켜 주는 감정이 사랑이라고 생각합니다. 사람은 하나의 세상이고 누군가는 그 사람의 세상이 되기도 하죠. 이상적인 이야기지만 '개인은 영원한 개인이 아닐 수 있'고, '생각으로만 머무는 세상이 아닐 수 있'는 세상을 만들기 위해서라면 우리는 '우리의 같잖은 투쟁'을 이어 나가야 한다고 생각해요. 사랑이라는 같잖은 투쟁을 이어 나가다 보면 나의 세계는 언젠가 우리의 세계가 되고 더 나아가 모두의 세계가 될 테니까요.

저는 한심한 이상주의자라서 모두가 잘 사는 세상을 꿈꿉니다. 그래서인지 때로는 너무나도 이상적인 제 생각과 방법론을 한심하게 여기기도 해요. 때로는 지겹기도 합니다. 하지만 무언가가 바뀐다면, 그 시작은 '나'라는 개인이 아닌 '우리'일 때 가능하다고 생각해요.

○이 시집의 또 하나의 큰 장점은 예컨대 '스토리텔링'이라고 할 수 있다. 이를 테면, 〈바라다〉, 〈하나가 되어야만 해〉, 시에서 종종 또는 자주 스토리라 할 수 있는 소위 서사가 무슨 강줄기처럼 흘러간다. 마치 〈스토리텔링 시〉라는 장르가 막 출현한 것 같다. 시와 스토리텔링은 연계되어 있다고 생각하는가.

사실 저는 국문과를 나오지도 않았고, 문창과 관련 전공자가 아니어서 그다지 박식하지 못합니다. 따라서 시와 스토리텔링이 학문적으로 어떤 연관이 있는지도 알지 못해요. 그렇지만 그동안 글을 써오며 느낀 제 생각을 말씀드리자면 전 분명히 연계되어 있다고 생각합니다.

결국 시도 이야기하는 행위잖아요. 말하기 방식, 보여주기 방식 등을 택하면서요. 저는 저 스스로의 일이나 감정을 이야기하기 위해 시를 쓸 때가 많은데, 그때마다 어떤 방식으로 보여주어야 하는지를 많이 생각합니다. 그 과정에서 선택된 것이 스토리텔링입니다.

물론 저는 소설도 쓰는 사람이기에 시를 쓸 때 소설을 쓰던 습관이 무의식중에 나온 것일 수도 있습니다. 서사시라는 것도 있고……, 어려운 문제지만 저는 시와 스토리텔링이 분명히 연계되어 있다고 생각합니다.

○〈찢어진 식물의 오케스트라〉, 〈슴〉 등에선 식물적 제재가 등장한다. 식물성은 시인의 정서와 어떤 관련성이 있는 것인가, 아니면 그냥 단순한 시적 장치일 뿐인가.

어렸을 때 식물을 많이 길렀던 기억이 있습니다. 그중 저는 페페라는 식물을 제일 좋아했어요. 물론 이 경험과는 별개로 시에서 등장한 식물적 제재는 시적 장치입니다. 물론 단순하다고 볼 수는 없을 것 같아요. 결국 저는 제 안에 있는 언어로 시를 쓰기 때문에 그만큼 식물적 제재가 익숙했다는 관점으로도 바라볼 수 있으니까요.

그 경험과는 별개로 식물이 친숙해진 데는 결정적인 이유가 있어요. 저는 어렸을 때 맞벌이를 하는 부모님 대신 이모의 손에 자랐는데, 저희 이모는 베란다에 식물을 들이는 일도, 키우는 일도 정말 좋아하셨습니다. 언제 한번은 파인애플을 키웠던 적도 있어요. 그리고 그 파인애플을 수확해서 동생과 저, 이모 셋이서 나눠 먹었던 기억도 있습니다. 그만큼 제게 식물은 친숙해요. 거실에는 산세베리아가 있었고, 제비꽃도 키운적이 있었으며 주말농장에서는 아예 주목나무를 키우기도 하셨어요. 그래서인지 시집에서 식물적 제재가 등장할 때마다 어렸을 때 햇볕이 들어오는 거실에서 베란다를 쳐다봤던 기억이 새록새록 떠오르곤 합니다. 그만큼 제게 식물은 친숙해요. 유년시절의 기억이 식물에 새겨져 있는 것 같기도 하고, 식물과 함께 자라난 탓에 제가 식물이 된 것 같기도 합니다. 가끔은 집에 틀어박혀서 움직이지 않는 제가 식물 같다고 생각할 때도 있어요.

3. 내가 사랑하는 세계

○2부에선 〈솜〉이 몇 차례 등장한다. 때론 소재로 또 때론 메시지로 읽힌다. 〈솜〉의 의미는 무엇인가. 시인의 육성을 직접 듣고 싶다.

솜은 사실 제 애착 인형입니다. 제가 태어날 때부터 같이 살았으니 저와 나이가 똑같은 셈이죠. 2부에서 등장하는 '솜'은 모두 저를 잠들지 못하는 밤마다 꼬옥 안아준 애착 인형을 지칭하는 말입니다. 또는 그 아이를 이루는 실제 '솜'을 말하기도 해요. 그리고 그 시들은 솜에 바치는 시입니다.

지금은 많이 낡았지만 저는 낡은 모습조차 귀엽다고 생각합니다. 가끔은 너무 낡아서 무섭다는 친구들도 있어요. 하지만 제게는 아직도 사랑스러운 아이로 보입니다.

이 아이에게 얽힌 이야기가 참 많이 있어요. 언젠가는 소설로, 또는 스토리텔링이 있는 시로 풀어볼 생각입니다. 마치 제 동생 같기도 하고, 제 아이 같기도 한 이 솜은 저를 여러 번 구렁텅이에서 꺼내주었어요. 친구이자, 동생이자, 아이이자, 은인인 셈이죠.

이따금 사물에 이 정도로 애정을 부여하는 것이 맞나 생각을 하기도 합니다. 그런데 종종 로봇청소기나 반려 로봇에 사랑을 주는 사람들도 많잖아요? 저는 같은 원리라고 생각합니다. 아마 모두가 자신만의 애착 사물이 있을 거예요. 인간은 사랑으로 살아가는 존재라고 늘 생각하거든요. 그러니 사물에까지 사랑을 주는 거죠. 사랑으로 살아가는 존재니까요.

○이 시집을 끝까지 줄곧 횡단하는 것은 이른바 '의식보다 무의식'이고 '현실보다 비현실'이고 '우리보다 나'이고 '삶보다 죽음'이고 '역사나 사실보다 덧없음'이고 '남성적 세계나 아버지의 세계가 아니라 여성적 세계나 어머니의 세계'이고 '지상보다 지하'이고 '화합이나 조합보다 균열이나 일탈'이고 '낭만보다 허무(虛無)'이고 '산 육신보다 송장'이고 '범람보다 텅 빔'에 더 가까울 것이다. 이것은 지극히 편견이거나 교만일 수도 있겠지만 그만큼 새롭고 또 낯설기 때문일 것이다. 그것은 곧 타자의 세계가 아니라 주체의 세계이며 일상의 세계가 아니라 사건의 세계이기 때문이다. 이것은 그만큼 또 소중하고 아껴야 하기 때문이다. 이러한 두서없는 편견에 대해 시인의 견해 혹은 또 다른 종류의 편견을 듣고 싶다.

이 인터뷰 질문지의 가제는 〈낭만보다 허무〉였는데요, 저는 이 제목을 보자마자 막 웃었습니다. 너무 맞다고 생각해서요. 꼭 정곡을 찔린 기분이었습니다. 하지만 '낭만보다 허무'의 뜻은 낭만보다 허무를 좀 더 추구한다는 뜻이지 낭만을 추구하지 않는다는 뜻은 아닙니다. 이 시집에서는 허무와 존재의 스러짐을 담고 싶었지만 그렇다고 낭만을 부정하는 건 아니었어요. 살아있는 상태와 죽어 있는 상태가 동시에 공존한다고 말하면 가까운 답일까요. 기쁨과 슬픔이 동시에 공존한다고 보시면 될 것 같습니다.

기쁨과 슬픔이 동시에 공존하면 사람은 스스로 혼란을 느낍니다. 이 순간이 너무 감사하고 행복한데, 한편으로는 지겹도록 절망스러워서 자꾸만 감정의 다리를 왔다갔다하는 느낌이 들어요. 이게 최선인데, 이것보다 더한 최선을 만들 수 있을 것 같을 때. 이게 마지막인데 사실은 처음일 때. 이런 말도 안 되는 순간에서 오는 혼란이 시에 잘 담기길 바랐습니다.

공존을 말했다면 이제는 각각의 감정도 말해야겠죠. 이 시집은 공존을 추구하는 것이 아니라 공존에서 오는 혼란과 허무를 추구하는 시집이기에 상대적으로 긍정적인 감정은 많이 담기지 못했습니다. 이를테면 기쁨은 〈기복〉에 "나는 귀 뒤에 지난날의 영광을 품고 산다/ 울퉁불퉁 솟아오르다 푹 꺼지는/ 굴곡진 언덕에 고이 잠들어 버린/ 박수갈채와 함성"이라는 구절이 있죠. 이 부분이 과거의 영광, 즉 기쁨을 나타내는 구절이었습니다.

잠깐 '과거의 영광'에 관해 이야기해 볼까요? 저는 원래 글쓰기도 좋아했지만 운동을 정말 사랑했는데요, 앞서 말씀드렸듯이 운동을 하기 위해 살았다고 해도 과언이 아닙니다. 중학교 때는 학교 플로어볼(실내 하키 같은 운동) 팀에 있었고, 학교 대표로 육상대회를 나가기도 했어요. 고등학교 때는 배구부 주장이기도 했습니다. 그중에서도 가장 기억에 남는 '지난날의 영광'을 추억해보자면, 고등학교 1학년 당시 교내 배구대회 때 활약했던 제 모습과, 선배들과 하던 경기에서 스파이크를 성공해 점수를 따냈던 순간이 가장 기억에 남네요. 특히 선배들과 하던 경기의 순간은 아직도 생생합니다. 제가 스파이크를 성공하자마자 체육관 안이 아주 고요해졌고, 숨소리조차 들리지 않았습니다. 몇 초간의 정적 후에 학교 선생님과 같은 팀 친구들이 환호성을 질렀던 기억이 있어요. 그때의 체육관

냄새와 햇빛이 들어오는 각도를 저는 지금도 기억합니다. 그만큼 행복했던 '과거의 영광'이었어요.

하지만 이건 어디까지나 그저 지나간 과거에 불과합니다. 이 기쁨은 이제는 그때처럼 운동을 좋아하지도, 잘하지도 못하는 슬픔과 함께 공존합니다. 모두가 그렇듯이요. 그리고 저는 혼란을 느낍니다. 마치 살고 싶은 마음과 죽고 싶은 마음이 동시에 드는 것과 비슷하다고 하면 알맞을까요.

정말 운동을 하기 위해 살았는데, 그렇지 않은 지금이 제게는 정말 낯설고 신기합니다. 꼭 삶의 이유를 잃어버린 느낌이에요. 사실은 이제 무얼 하고 살아야 할지도 잘 모르겠습니다. 운동을 하지 않기 시작한 이후부터의 공허가 제 시 전반에 나타나 있는 것 같아요. 그건 삶의 이유가 부재하기 때문이겠죠.

모두가 겪는 과정이며, 저 또한 어른이 되기 위해 겪는 경험일 겁니다. 그래서 어느 순간 나타난 공허가 마음속에 깊게 자리 잡고 있으니 자연스레 그 감정이 시에 나타나는 것 같다고 생각합니다.

모든 경험은 사건이며 사건으로부터 오는 감정은 인간이 만들어 낸 정념이므로, 이 정념은 내부에서 격렬히 진동하고 파도칩니다. 저는 그 파도 한가운데 있어요. 그렇다고 허무에서 벗어나고 싶지는 않습니다. 허무는 끝이 없다고 생각해요. 단지 저는 공존하는 이 상태에서 혼란을 정돈하며 살아가는 사람이 되고 싶습니다. 그리고 그 과정을 시로 표현하고 싶어요.

○시인의 말의 자리에 세팅한, 이미 익숙하지만 셰익스피어의 말을 다시 읽고 있는다. 인상적이다. 어쩌면 이 시집이 마치 무대 위에서 한 시인이 24시간 펼친 일인극 드라마와 같다. 혹은 어느 시적 주체의 무(無)관객 퍼포먼스 같다. 암튼 굳이 그 말을 인용한 것은 무엇 때문인가.

저는 늘 시집을 살 때마다 하나의 연극을 산다고 생각합니다. 시집이 1부, 2부, 3부……, 이렇게 나뉘어 있는 점과, 시 하나하나가 펼치는 이미지, 그리고 드러나는 세계를 볼 때마다 시집은 세상이 펼치는 거대한 연극이 아닐까 이런 생각을 해요. 언어와 문자로 이루어진 연극이라고 하면 맞을까요? 활자로 직조된 거대한 천을 보는 느낌입니다. 이 천은 시작부터 무대에 걸려 있는데, 색깔은 아주 짙은 빨간색이에요. 그리고 이 빨간 천은 시작 종소리가 울리면 걷혀 양쪽으로 사라집니다. 이후 무대 위로 등장하는 온갖 문자와 기호들……. 아름답다고 생각해요, 그 모든 순간이. 그래서 저는 시집을 살 때마다 하나의 극을 산다고 생각하며 구매합니다.

이런 경험과는 별개로 제가 좋아하는 작품에 인용된 적이 있어서 더 좋아하는 말이기도 합니다. 이미 익숙한 셰익스피어의 말이 여러 경험의 갈래로 재창조되는 순간을 바라보면서 저는 뿌듯함을 느낍니다. 제 시 또한 이렇게 재창조가 되고, 해석되며 세상으로 나갔으면 좋겠다는 감정을 늘 가지고 있었기 때문이에요.

4. 바깥의 이야기

○시인은 사회의 주류가 될 수 있는가.

여러모로 난감한 질문이라고 생각했습니다. 사회의 주류란 화이트 컬러 직업을 갖게 되는 일일까요, 아니면 대중의 취향에 편승하는 일을 일컫는 것일까요. 사실 어느 쪽이든 상관없을 것 같다는 생각을 합니다.

단지 추구하는 방향이 다른 것뿐이지 옳고 그른 선택은 없지 않나 생각해요. 저 스스로도 정의 내리고 규정짓는 일을 별로 좋아하지 않기도 하고요. 주류가 된다면 감사한 일이고, 주류가 되지 못해도 그것조차 감사한 일이라는 생각을 합니다.

○이 시집에서 시인이 담고자 했던 메시지 혹은 개별적인 심회를 밝힌다면?

1부와 2부, 3부, 4부로 각각 나누어서 설명할 수 있을 것 같습니다.

먼저 1부에서는 세상의 이야기를 하고 싶었습니다. 저를 둘러싼 세상, 또는 사회로서의 세상에 대해 이야기하고 싶었어요. 그 다음으로 2부에서는 저를 둘러싼 타인의 이야기를 하고 싶었습니다. '솜'도 그중 일부예요. 3부에서는 과거의 제가 가진 생각, 즉 저의 과거 내면에 관한 이야기를 하고 싶었습니다. 마지막 4부에서는 현재의 저, 제가 종착한 지점, 그리고 나아가며 정돈할 앞으로의 지점, 즉 허무에 관해 이야기를 하고 싶었습니다.

원래는 시 하나하나에 담은 의도를 이야기하려 했었습니다. 그러나 기존의 제 글을 여러 모임에서 읽으신 분들은 아시겠지만 저는 제 의도조차 해석의 한 갈래라고 생각해서 시의 답을 정하지 않습니다. 답이 없다고도 생각하고요. 독자분의 경험으로 시를 새롭게 읽어주시기를 바랄 뿐입니다.

그리하여 저는 큰 틀만 이야기하고, 시집에서 담고자 했던 메시지는 고이 제 가슴속에 파묻어 두겠습니다. 제 의도도 해석의 한 갈래일 뿐이니까요.

솔직히 말하면 아직 이렇게나 모자란 시집이 세상에 나가도 되나……, 이런 생각을 자주 합니다. 편집위원님께서 감사하게도 좋은 말씀만 적어주셨지만 저는 부족함을 많이 느끼고 있는 상태예요. 여기에서 하염없이 더 뻗어나갈 수 있을 것만 같습니다. 그런데도 제게 찾아온 이 기회에 감사하고, 또 감사하며 하염없이 뻗어나가기 위해 글을 씁니다. 시든 소설이든 수필이든지요. 그 끝에 허무가 있더라도 상관없습니다. 언젠가 미래에 글이 싫어진다면 그것조차 제 몫이겠죠. 지금은 여러 걱정도 하고 불안해하면서 즐기고 싶습니다. 이 순간을 살아내고 싶어요. 살아낸다면, 후회는 없을 거라고 생각합니다.

○가까운 문우나 문학 동인을 이 자리에서 소개한다면?

질문을 읽자마자 현재 제가 활동하고 있는 문에 창작 연합 동아리 담담이 생각났습니다. 2022년 2월부터 들어가 활동을 시작했으니 2년을 꽉 채워 활동했고, 지금은 3년째 활동을 이어가는 중이죠.

　원래 담담은 텀블벅 펀딩을 올리지 않았습니다. 원래는 문집만 만들고 그 문집을 나누어 갖는 이벤트를 했었는데, 제가 부회장 자리에 올라가고 나서 일을 만들기 시작했습니다. 저희의 글이 세상으로 나간다면 좀 더 행복할 것 같았어요. 그래서 처음 시작했던 펀딩책이 ≪노을이 너울치는 곳에서≫입니다. 그 뒤로 ≪초록≫, ≪천자성≫까지 세 프로젝트를 담담과 함께 했고, 지금은 또 다른 소설 원고를 작성하며 나아가는 단계에 있습니다.

　뒤에서도 말하겠지만 2022년 상반기(8기)부터 계속 저와 함께 했던 소정 언니에게 감사 인사를 전하고 싶어요. 지금은 회장으로 담담을 잘 이끌어가고 있는데 그 모습이 늘 동경의 대상이 됩니다. 중간에 여러 일이 겹치면서 제가 이런저런 말썽을 피우기도 했는데 그 말썽을 소정 언니가 오롯이 다 감당하려니 참 벅찼을 것 같다는 생각을 합니다. 미안하기도 하고요. 하지만 여전히 진심으로 담담을 애정합니다. 일단 매주 글을 쓸 강제력이 부여됐다는 점에서 정말 감사한 것 같아요. 처음에 어떻게 어떻게 담담에 합격이 돼서, 물론 그 이전에도 글은 계속 써왔지만 원고지 200매 정도 되는 소설은 담담에 합격하고 생애 두 번째로 쓰기 시작했던 것 같아요. 결국 다 습작이었지만, 그 습작이 텀블벅 펀딩을 통해 조그맣게라도 발표되고 불특정다수, 또는 지인분들이 읽어주셔서 저희의 글이 별처럼 아름답게 빛날 수 있었던 것 같다고 생각합니다.

　제게 여러 경험을 안겨준 담담에게 진심으로 감사의 인사를 전합니다. 그리고 늘 곁에서 함께해주는 소정 언니에게도 감사의 인사를 올리고 싶습니다.

○글을 쓸 때 도움이 된 고마운 지인이 있다면?

우선 제게 늘 글을 쓸 강제성을 부여해 준 마감 친구 최지우 씨에게 감사 인사를 전합니다. 그 외 종종 함께해 주었던 모든 친구들 고마워요. 정말 이 자리에서 꼭 한 번쯤은 활자로 감사 인사를 새기고 싶었습니다.

늘 제 일상 이야기도 들어주고 고민도 함께 나누면서 고전문학 재창조에 일조하는 우리 '하지만프란' 모임 친구들 너무 고맙습니다. 제가 방황할 때마다 고민을 들어주고 조언을 아끼지 않았던 감사한 수지 언니, 소정 언니, 박소영 선생님께 인사를 드리고 싶어요. 그리고 영원한 배구 친구 김나연, 김서원 씨, 제가 살아있다는 사실을 몸소 느끼게 해주신 중학교·고등학교 체육 선생님들, 늘 제 글을 합평해 준 문예 창작 연합 동아리 담담 사람들, 제 글을 응원해 주신 모든 분들께 감사드립니다.

○그동안 시를 쓰면서 국내외를 막론하고 옆에 두었던 '인생 시집' 한 두어 권 추천한다면?

이혜미 시인님의 시를 특히 좋아하는데요, ≪흉터 쿠키≫와 ≪빛의 자격을 얻어≫를 정말 좋아합니다. 특히 ≪흉터 쿠키≫는 반복해서 읽을 정도로 정말 좋아하는데 그중 〈모르므로〉라는 시를 정말 좋아해요. 또 외국 작가 중에서는 기욤 아폴

리네르의 ≪알코올≫이라는 시집을 제일 좋아합니다. 그리고 〈행렬〉이라는 시를 제일 좋아해요. "아직 존재하는 것밖에는 아무것도 죽지 않는다/ 빛나는 과거 곁에서 내일은 색깔이 없다/ 그것은 노력과 효과를 동시에 완성하고/ 나타내는 것 곁에서 형체마저 없다"(황현산 옮김, 열린책들). 이 부분을 닳고 닳을 정도로 외웠던 기억이 있습니다. 특히 목표를 향해 달려가던 2021년도에 이 구절을 포스트잇에 써 붙이고 책상 앞에 붙여두었던 기억이 있어요. 그만큼 애정하는 시입니다.

○시 이외 또 하는 일은 있다면? 가령, 다른 문학 장르, 다른 업종, 유난히 집중하는 어떤 취미 등등.

일단은 학생이기 때문에 공부를 합니다……. 그리고 앞서 언급했다시피 담담에서 여러 활동을 하면서 소설과 수필을 주로 쓰고 있습니다. 오히려 소설에 쏟는 시간이 더 많은 것 같아요. 아직 펀딩으로는 미발표한 소설이 한 편 있는데(연작 소설로 본다면 두 편이 될 수 있겠습니다), 가장 애정하는 소설이라 퇴고를 여러 번 진행해 보려고 해요.

취미로는 한글 캘리그래피를 종종 하고, 한자 캘리그래피도 서서히 연습하고 있는 중입니다. 아예 서예부터 다시 배워야 하나 매번 고민하고 있지만 언젠가는 기초부터 다시 배우지 않을까 생각해요. 또 앞서 언급된 것처럼 운동도 좋아합니다. 원래는 체대를 갈 생각이었는데다 고등학교 때는 아예 체교과를 목표로 했었기에 그만큼 운동을 정말 사랑합니다. 물론 학창 시절보다는 상대적으로 덜 사랑하게 된 것 같지만 여전히 운동은 마음의 고향입니다. 배구와 플로어볼, 그리고 체육관에서 나는 마룻바닥 냄새가 늘 기억에 남아 있을 것 같아요.

○혹시 시를 쓰는 나만의 원동력은 무엇인가. 그리고 시를 쓰는 시간이 정해져 있는가.

시를 쓰는 시간은 딱히 정해져 있지 않습니다. 저만 그런지 모르겠는데 시가……, 앉아 있을 때마다 나왔다면 저는 아마 일주일에 시집 한 권을 낼 수 있지 않았을까 싶습니다. 사실 쓰라면 쓸 수 있을 것 같긴 한데 평소에 충동으로 잦아들 때마다 쓰다 보니 습관이 되어서 평온한 상태에서는 시가 마음의 평균 이상으로 나오지 않습니다.

시를 쓰는 저만의 원동력은 일단 저 혼자 고립된 장소여야 하고, 생각이 많아지는 시간의 틈을 잡을 때 시가 써지는 것 같다고 생각합니다. 조용한 공간이어도 좋고, 시끄러운 공간이어도 되지만 저 혼자 고립되어 있을 때 시가 써지는 것 같아요.

또 감정이 휘몰아칠 때 시가 잘 써지는 것 같습니다. 언젠가 이런 저의 시 쓰기 방식이 변화할지도 모르겠지만 일단 지금의 저는 이런 식으로 시를 쓰고 있습니다.

○국내 시인 중에서 어느 시인과 문학적으로 관련이 있는지. 시사(詩史)와 관련지어 어떻게 설명할 수 있는지.

문장청소년웹진 사이트 '글틴'에서 활동했던 기억이 있습니다. 그 당시 멘토가 이병국 시인이셨고, 제 시를 댓글로 종종 합평해 주시곤 하셨었습니다.

또 시인은 아니지만 수필 부문에서는 문부일 선생님께서 제 수필을 합평해 주셨었습니다. 2020년도 당시 문부일 선생님께 많은 영향을 받아서 자존감이 긍정적인 방향으로 바뀌기도 했었습니다. 작년쯤 문부일 선생님께서 내신 ≪4월, 그 비밀들≫이라는 책의 출판사로 연락을 드려 인사를 남기기도 했었는데요, 여전히 열정적이신 분 같아서 그 열정을 닮고 싶다는 생각을 합니다.

○이번 시집이 출간되면 혼자 낭독하고 싶은 시 1편을 꼽는다면? 그리고 어디서 낭독하고 싶은지?

4부에 있는 〈허무〉라는 시를 낭독하고 싶습니다. 이 시는 제가 열아홉 살 당시 적었던 시인데, 지금도 많이 공감되는 부분을 가진 시입니다. 인간관계든, 앞으로 배울 날이든, 깨달음이든 "부대끼고 살아야만 삶이라면/ 우리는 삶의 종언을 맞자" 첫 번째로 이 부분을 낭독해 보고 싶습니다.

그 다음으로는 "나는 위대한 발끝으로 서기를 포기해야지/ 기대도 이별도/ 모든 떠나간 것들에 마음을 덜어내는 연습으로/ 발목이 꺾여 스러지는/ 그 순간조차도/ 신의를 덜어내 왔던 연습으로/ 서성이는 모든 시간에/ 부대끼는 삶의 종언을 맞고/ 텅 빈 마음을 안은 채로/ 나는 허무에 목을 매달았다"라는 부분을 낭독해보고 싶네요. 마지막 부분이 이 시의 하이라이트라고 그동안 생각해 왔습니다. 그리고 이 부분은 과거의 제가 지금의 제게 보내는 허무의 편지 같다고 늘 생각합니다. 특히 인간관계가 힘들 때면 이 시를 여러 번 붙잡고 고치고 읽었던 것 같아요. 고치고 고치다 결국은 처음의 자리로 돌아오기 일쑤였지만 후회는 없습니다.

○시를 읽는 사람이 없다. 시가 읽히지 않는 이 시대에 시를 쓰는 시인의 심경은 어떠한가.

〈방화하지 아니하며〉에 "나는 우물이 있는 시대에 태어났어야 했다"라는 구절이 있는데, 처음 질문을 읽고 이 시가 가장 먼저 생각났습니다. 저 또한 시가 많이 읽히지 않는 이 시대를 생각하면 난……, 시대를 잘못 태어나서 역행하는 글을 쓰고 있는 건 아닌가 싶은 생각이 많이 들어요. 때론 이 생각에 갇혀서 하루 종일 고민할 때도 있습니다. 당장 인공지능과 과학 기술의 비약적 발전이 화두가 되는 시대에 글자에 얽매여 시를 쓰는 입장이라니, 저는 오히려 시대를 역행하고 있는지도 모릅니다. 그래서 때로는 정말 서러워요. 미디어 시대에 시를 쓰다니, 저는 정말 잘못된 선택을 하고 있는 걸까요?

시가 더 이상 예언의 도구가 아니듯이, 시 또한 변화무쌍한 역사를 가지고 시대의 흐름을 타고 있습니다. 그리고 저는……, 늘 이 길이 맞나 고민하고 있어요. 모두가 앞서가는 시대에 저 홀로 퇴행하는 것만 같습니다. 불안하다고 하면 맞을 거예요. 저 혼자 다른 시대에 떨어진 느낌이 듭니다. 그럼에도 시 쓰기를 멈출 수 없는 이유는 그저 행복하기 때문입니다. 재밌고, 즐겁기 때문입니다. 시가 어떤 시대적 의미를 가져야 하고, 어떤 도구의 기능을 해야만 한다고 생각하지 않아요. 아리스토텔레스가 인간의 궁극적 목표는 행복이라고 말했듯이 저는 정신적 영역에서 비약적 발전을 꿈꾸고 있습니다. 손으로 만져지는 기술이 아니라, 물질이 아니라, 정신적인 무언가. 늘 글을 쓸 때마다 제 머리를 순회하는 어떤 감각. 그 감각을 믿고 행복하게 글을 쓰고 싶습니다. 행여 시대에 역행하는 것만 같아 불안하더라도요.

○이번 시집을 출간하면 꼭 하고 싶은 일이 있는가? 예컨대 출판기념회 같은 것을 계획하고 있는지, 북 토크 같은 것도 구상하고 있는지?

일단은 인스타나 트위터에 홍보를 돌려보고 싶고, 서점 사이트에서 제 책을 주문해서 주변 지인들에게 나눠주고 싶어요. 동네 서점 또는 독립 서점에 제 책을 전시해보고 싶기도 하고요. 북 토크도 가능하다면 해보고 싶고, 시집이 나온 날에는 달달한 케이크와 아메리카노를 먹으면서 자축을 하고 싶습니다.

가능하다면 온라인 북클럽 '그믐'에서 작가와의 대화도 진행해 보고 싶습니다. 저는 말보다 글이 더 편한 사람이라 온라인에서 채팅으로 진행되는 '그믐'에서 언젠가 꼭 작가와의 대화를 진행해 보고 싶다는 꿈을 가지고 있었어요. 제가 좋아하는 작품 〈낙원의 이론〉, 정선우 작가님께서도 진행하셨던 기억이 있거든요. 저도 그때 실시간으로 참여했었습니다. 그래서 제 꿈이 된 것 같아요.